MAUREEN WINGROVE

Mémoires d'une jeune GUENON dérangée

Tome 1

Le journal intime de Cléopâtre Wellington

Michel LAFON

118, avenue Achille-Peretti – CS 70024
92521 Neuilly-sur-Seine Cedex
www.michel-lafon.com

Prologue

Dans ma chambre

Ma tante Catherine m'a offert un carnet pour mon anniversaire, il y a un moment.
Je n'ai jamais écrit de journal intime, je ne suis même pas franchement sûre que cela ait un quelconque intérêt étant donné ma vie absolument banale et insignifiante, mais au moins, ça m'occupe. Il paraît que tous les grands écrivains ont d'abord commencé par un journal intime.

Moi, pour ce qui est de devenir une écrivaine mémorable, je suis plutôt mal barrée. Parce que j'ai un prénom AFFREUX.

Je m'appelle Cléopâtre.

Sans rire, pour de vrai : Cléopâtre.

La plupart des gens sont là : « Haaan, la chance, c'était une femme super, puissante et belle ! »

JUSTEMENT : je ne suis ni l'un ni l'autre, et je vis avec une pression inconsidérée sur les épaules depuis ma naissance. Cléopâtre, soi-disant célèbre pour son fabuleux nez, je peux vous dire que je mine sa réputation direct, avec mon engin disproportionné hérité de la branche paternelle, sorte de bec long et fin aux narines ouvertes, type appendice de cigogne.

« Cléopâtre reine d'Égypte, femme puissante, intimidante et ambitieuse » : je n'ose même pas me présenter à l'élection des délégués de classe, c'est vous dire mon capital courage.

J'ai cherché, un jour : on est seulement **DIX-HUIT** Cléopâtre à être nées en France depuis 1900. Dix-huit, en cent seize ans.

JUST SAYING.

Et il y a une raison à cela : la plupart des parents ont une âme et pensent à l'avenir de leurs rejetons quand ils les nomment. Pas comme les miens.

Non, mais je veux dire : COMMENT a-t-on pu laisser ma mère (oui, parce qu'évidemment l'idée vient d'elle) me donner un tel prénom ? Qu'elle ait un peu déliré à cause des hormones pendant la grossesse, je veux bien, qu'elle ait eu des désirs de toute-puissance par procuration, d'accord, mais enfin vous pouvez m'expliquer à quoi sert mon père, si ce n'est à la raisonner dans ce genre de crise ?

Parents à la réaction SAINE :

La mère : Oooh, j'aimerais l'appeler… Cléopâtre !
Le père : Non, ma chérie, ce sera un prénom si dur à porter… Appelons-la Marie !
La mère : Tu as raison mon amour. Tu es si sage et bon.

Mes parents :

Ma mère : Oooh, j'aimerais l'appeler… Cléopâtre !
Mon père : Han, génial ! Vendu !

Ma mère : On ne le dira à personne et on ne le révélera au monde qu'à sa naissance !
Mon père : Mouhahahahahaha (rire machiavélique).

Non, en vrai, ça a surtout dû se passer comme ça :

Ma mère : Oooh, j'aimerais l'appeler... Cléopâtre !
Mon père : Mouais...
Ma mère : Je ne te demande pas ton avis : C'EST MOI QUI LA PORTE 9 MOIS, C'EST MOI QUI DÉCIDE, OKAY ?! Tu donnes déjà ton nom de famille, je peux AU MOINS choisir le prénom. MERDE.

En parlant de nom de famille : mon père est d'origine anglaise, d'où le blase à consonance anglo-saxonne « Wellington » qui, excusez ma réserve, va quand même SUPER MAL avec Cléopâtre.

C'est un peu comme porter un sarouel avec un trench, quoi.

Aujourd'hui, ils sont divorcés, et c'est même plutôt fou de se dire qu'ils ont réussi à se supporter dix ans, quand on voit à quel point ils sont L'INVERSE l'un de l'autre. J'y reviendrai.

Non mais, Cléopâtre Wellington !

Ça n'a aucun sens ! Et comme on était parti dans les prénoms de guerrières, 6 ans plus tard, ils ont pondu ma petite sœur, juste avant de divorcer, et ma mère a encore réussi à imposer son hérésie nominative en la baptisant Athéna. Sachant que ma sœur est une phobique des pentes, du sport et du sang, je vous laisse savourer l'ironie de la situation.

Du coup je l'appelle par tout sauf son prénom. Je préfère inventer des sobriquets plus uniques : Chaco, Galice, Shaki, Galibruge, Groudoff, Grison, mon canard, ma croûte… Tout lui va, c'est dingue.

Bon, le seul truc marrant concernant mon prénom, c'est que je me suis très vite fait appeler Cléo pour m'intégrer, pour me sentir un minimum NORMALE parmi mes collègues adolescents (vu que mon physique ne m'aide pas à me sentir proche des autres Homo sapiens de mon âge, je peux au moins miser sur un diminutif plus… attractif), et que ma meilleure amie forever depuis le CM2 s'appelle… Chloé !
Ça fait donc « Chloé et Cléo ». « Cléo et Chloé ».
C'est un peu cool.

M'enfin, je me serais bien passée des années entières de « Hey, Cléopâtre, il est où ton César » (rien que pour ça j'aimerais être actrice récompensée un jour, pour faire la blague… « Eh ben, il est là, tiens, mon César ! »), ou encore « Cléopâtre, tête de plâtre ! » Ne me demandez pas, j'ai moi-même abandonné l'idée de comprendre l'humour du spécimen de collège. Je n'arrive même pas à saisir, dans le fond, ce qu'il y a de potentiellement humiliant dans le fait de posséder une trogne en plâtre.

Une fois, j'ai eu droit à « Cléopâtre, tête de rate », mais ce qui m'a le plus mise hors de moi, c'est que ça ne rimait même pas. Quitte à créer une vanne insultante que je vais me farcir toute l'année, autant le faire avec un minimum de panache et de vocabulaire.

En même temps, j'avoue que pour un élève de 13 ans, des rimes en « âtre », y en a pas des masses qui viennent spontanément.

J'aimerais bien regarder sur Internet pour m'inspirer, mais je ne capte pas le wifi dans ma chambre, et mon portable 3G m'est confisqué tous les soirs pendant une semaine parce que j'ai oublié de vider le lave-vaisselle à 19 h pile jeudi dernier.

Ou parce que j'ai oublié mon manteau au collège… ?

… Parce que j'ai oublié de faire signer mon carnet de correspondance… ?

…

Rhhhha, je sais même plus.

« Cléopâtre, l'acariâtre ».

Ah voilà, ÇA, c'est une insulte qui aurait mérité le respect !!!

Chapitre 1

Août

Pilosité mammaire et mission courgette

Mercredi 17 août

11 h 15

L'heure est grave.

À la suite d'une petite auto-inspection en bonne et due forme dans la salle de bain des parents (ils sont partis faire les courses à Auchan et si Maman ne flashe pas sur une promo de yaourts bio dans des pots en terre cuite, j'ai une heure devant moi pour errer dans la maison librement), je note avec horreur un fait accablant et atrocement honteux concernant mon corps :

J'ai des POILS sur les seins.

J'ai 13 ans, et j'ai :
des.poils.sur.les.seins.

Autour du téton, là, en grappe, peinards, limite brillants et soyeux.

Et quand je dis « poils », je ne parle pas du gentil duvet fin et blond de cuisse de fillette de 3 ans : je parle du bon gros poil noir et dru, épaisseur max, qui a l'air d'avoir sauté directement d'un mollet de camionneur sur mon téton.

Si encore j'étais brune, genre, je veux dire, si au moins en me regardant, on se disait : « Ah, ben, elle a de beaux cheveux foncés et épais, c'est normal qu'elle soit un peu poilue ! » (je sais, c'est extrêmement naïf de croire que quiconque puisse penser une chose pareille)… Mais non.

Je suis on ne peut plus communément châtain clair, j'ai le cheveu plat et morne qui frisotte quand il pleut, d'une couleur indécise qui va du marron au gris (« cendré », m'a dit un jour une coiffeuse, mais moi, pardon, à part les hérons je ne connais personne qui se vante d'avoir un pelage CENDRÉ), d'une finesse si aberrante que je ne me fais pas de couette haute parce que Maman appelle ça une « queue de rat ». Donc, c'est QUOI cette histoire de POIL aux seins ?? Ça sort d'où ?

Je n'en parlerai pas à Maman parce que Maman est parfaite. Elle, pour le coup, elle est brune, grande, a les pommettes hautes, la bouche charnue, la poitrine XXL et les chevilles microscopiques (elle arrive à faire le tour de sa cheville avec ses doigts), ET : elle n'a pas un poil. Lisse, imberbe, chauve de la gambette mais alors encore plus, j'en suis sûre, du mamelon.

L'année dernière, je lui avais demandé si je pouvais pour la première fois me raser les jambes, parce que je voulais porter une jupe et que j'avais honte de mes pattes de yak.

Enfin, non…
Si je veux être tout à fait honnête, je n'avais jamais réfléchi à l'aspect de mes guiboles : à 12 ans, j'avais d'autres chats à fouetter que de me soucier de la tronche de mes demi-mollets. J'avais juste enfilé une jupe que j'adorais parce qu'elle était assortie à mon sac à dos flambant neuf (j'avais relégué mon cartable « La Reine des Neiges » avec regret…), et c'est une fois arrivée à l'école que j'avais compris mon erreur : en seulement deux heures, j'avais écopé du surnom « Cléopâtre-poils-aux-pattes ».

Et en effet, à comparer avec mes amies, j'étais plus de la catégorie guenon rêche que jeune fille fraîche (et hop, la rime, c'est cadeau).

N'ayant jamais bien réagi à l'humiliation, j'ai fini en pleurs dans les toilettes à attendre que la cloche sonne la fin de la récré, et je suis rentrée à pied en me cachant derrière les arbres et les voitures, me promettant de forcer Maman à me changer ILLICO de collège.

Heureusement, trois jours plus tard est arrivé un petit nouveau qui avait une phobie scolaire : un matin, il a vomi sur ses chaussures en descendant du bus devant tout le monde, et ça a été LE scoop du mois.
Le collège entier s'est focalisé sur « Vomito » et m'a un peu oubliée, le temps que je comprenne comment retrouver des jambes socialement acceptables.
Sans cette IMMENSE grâce du ciel, je serais la paria du collège à l'heure qu'il est.

Enfin, je veux dire, je serais ENCORE PLUS la paria du collège que je ne le suis déjà.

J'ai simplifié l'histoire à Maman en disant juste que je trouvais mes poils moches, et que je voulais m'en débarrasser (sous-entendu donc : pour une question de VIE OU DE MORT sociale).
Sa réponse ?
– OoOOooh, c'est un petit duvet, ça va tomber, va. Laisse-le.

Maman, j'ai 13 ans, j'ai mes règles depuis un an, je fais déjà 1 m 68 (oui, c'est un autre problème que j'aborderai plus tard), et j'ai étudié la puberté en SVT, j'ai même eu 15 au contrôle sur le sujet : JE PEUX TE DIRE que mes poils ne vont pas « tomber ». Ils font partie du package puberté, ils vont se développer, s'endurcir, friser, FONCER, GRIMPER, M'ENVAHIR DANS MON SOMMEIL ET ME TUER PAR SUFFOCATION MOUMOUTALE.

Non mais, la méconnaissance biologique de la mater, quoi.

Évidemment, c'est facile pour elle ! Elle a la guibole nue comme un crâne de chauve, elle n'a même pas IDÉE qu'une jambe puisse avoir de la matière pileuse passé le milieu de mollet. Sans rire, l'autre jour, elle était surprise que j'aie des poils derrière la cheville.
« Oh, tu as des poils ici, toi ? C'est bizarre, ça ! Moi, je n'ai rien. Regarde ! C'est tout lisse, si si, je t'assure ! Regarde ! Touche ! » (envie de meurtre).

Le peu de fois où j'essaie de lui dire ma souffrance pileuse intolérable et potentiel motif de suicide, elle me répond en riant :

– T'as de la chance, t'aurais pu avoir de la moustache.

De l'art de réconforter son enfant.

Et OUI, justement, je pourrais très bien avoir de la moustache : et alors ? Me reniera-t-elle si c'est le cas ??

11 h 17

C'est TELLEMENT injuste quand j'y pense, cette espèce de pression à être imberbe.
Je veux dire, quand Jean-Mi (mon beau-père) dégaine son mollet plein de frisottis ou lève une aisselle velue, personne ne lui dit rien, à lui. Il est super beau, c'est un genre de Pierce Brosnan jeune, et limite ses poils renforcent son potentiel B.G.
Mais alors une fille, dès qu'elle révèle un échantillon de pelage, BAM ! C'est le drame !

Non mais, au nom de quoi, au juste ?

Bon…
Je me fais déjà assez harceler à l'école, ce n'est pas pour ajouter à ma loooongue liste d'insultes le subtil et doux titre de « Cléopâtre-poils-aux-pattes ».
Alors OUI, j'ai cédé, lâchement, et j'ai rasé.
Mais quand même. C'est pas juste.
Flûte.

11 h 18
Parce que si les nanas doivent être non poilues pour être sexy, alors POURQUOIIIIII continue-t-on de naître avec une moquette sous chaque aisselle et des mollets de ragondin ?

11 h 19
Ch'ais pas pourquoi j'ai dit ragondin, mais faut pas m'en vouloir, ch'uis hyper énervée.

11 h 40
Bref, tout ça pour dire que depuis, quand je dois me rendre socialement acceptable aux yeux de mes tendres camarades et me délester de quelques centaines de kilos de crin, je suis obligée de passer par la case salle de bain parentale pour piquer le rasoir de Jean-Mi.
Pour une raison obscure, Maman a refusé de m'acheter quoi que ce soit de la team rasoirs, crèmes dépilatoires ou épilateurs, mais il est HORS de QUESTION que j'aille au collège avec un fute en fourrure. Je suis donc forcée d'infiltrer leur salle de bain de temps en temps en mission commando.

Les jambes et les aisselles, c'est ok, je gère à peu près le désherbage (je fais ça de temps en temps, le mercredi des courses comme aujourd'hui en veillant à bien TOUT remettre en place pour ne pas éveiller de soupçon).

Depuis la phrase de Maman « tu aurais pu avoir de la moustache » et partant du principe que, jusque-là, le destin ne m'a jamais gâtée, je guette quand même mon dessus de lèvre. Au cas où.
Et je n'arrive pas encore bien à me prononcer : dans le petit miroir grossissant de Maman, je vois plein de poils, mais dans le miroir normal, je ne vois rien. Je me dis que les gens, dans la vraie vie, ont une vision plus proche de celle du miroir normal que du miroir grossissant.
Ou alors, il faudrait vraiment être à 2 mm de mon visage pour les voir, chose que personne au monde n'a encore jamais daigné expérimenter à part mon chat Flutiou qui lui ne me juge pas (ce serait plutôt l'absence de poils, dans sa tête de chat, qui le choquerait j'imagine).

Et il est probable, d'ailleurs, qu'aucun garçon sur cette terre n'osera jamais s'en approcher, de ma demi-moustache et de mes tétons de vieux singe.

11 h 45
Des poils sur les seins. Est-ce que c'est normal, au moins ? Je veux dire, pas normal « banal », mais normal « scientifiquement acceptable » ?
Je vais aller le googler.

11 h 50
Sur l'ordi portable de Maman, sous l'escalier (seul endroit qui capte le wifi)

Ok : donc déjà, ça n'apparaît même pas dans la barre de recherche quand je tape « des poils sur ».

À la place ça me propose :

– des poils sur les joues
– des poils sur les bras femme (QUOI, C'EST UN PROBLÈME LES POILS SUR LES BRAS ?)
– des poils sur les bras (encore ?! un vrai problème de société apparemment)
et enfin :
– des poils sur les doigts

… attendez, je vérifie… Non, ça va, j'ai le doigt relativement glabre. Mmmmh… Enfin, maintenant que je regarde, c'est vrai que c'est un peu velu, ces trucs… C'est encore au stade duvet qui se la coule douce, mais faudra que je surveille… Imaginez qu'on me passe la bague au doigt un jour, et qu'elle se retrouve emmêlée dans un nid de poils drus et noirs (« Aaah, mon Dieu, mais ma fiancée est un YÉTI ! Au secours ! ») et qu'après je meure vierge et mangée par Flutiou Junior Junior.

12 h 00
Bon, je rajoute un « s » à ma phrase.
« poils sur les s… »
Seigneur, dites-moi que je ne suis pas la seule à devoir me désherber le téton.

Eh ben non, toujours pas.

– poils SOUS les bras
– poils entre les sourcils (ah, tiens, je devrais le forwarder à Mme Rambucheau, ma voisine)

– poils sous les bras femme (Mme Rambucheau bis)
– poils sous les bras homme

Non mais c'est pas possible, je tape « poils sur les s » et ça ne me propose MÊME PAS « seins » ?? Suis-je donc si monstrueuse que ça ??

12 h 05
Peut-être que je suis la fille cachée de Mme Rambucheau.

12 h 08
Je rajoute juste un « e » à mon « s » (je ne me résignerai pas à écrire le mot en entier si personne ne l'a fait avant moi).

« Poils sur les se… »

Clic

Vous voulez savoir ce que Google me propose ?

« Poils sel citron. »

SÉRIEUSEMENT ?!!!!

Merci Internet.

Ma foi, c'est bien, je vais pouvoir me faire pousser les poils de seins (qui sont, pour leur part, totalement inexistants : je dis « seins », mais il faut comprendre torse de garçonnet de 6 ans vaguement gras), je les tisserai seule dans ma chambre de vieille guenon, et je me pendrai avec.

Voilà.

Je ferme cet ordi qui de toute façon, n'y connaît RIEN et a décidé d'être contre moi.

12 h 10
...

12 h 15
« Poils sur les seins »
(J'ai besoin de savoir)
Clic.
Ouf ! Un article sur un forum.

« *Bonjour gnhia gnhia gnhia problème très gênant gnhia gnhia gnhia : j'ai de longs poils noirs autour des seins, sur les auréoles* »
AH !
Bon, on dit « aréole », hein, Mme Einstein (ou plutôt « MIMIlove75 »), pas « auréoles », mais je continue quand même parce qu'on est potentiellement jumelles de souffrance pileuse.

«*Je ne sais pas quoi faire, je n'ose pas les épiler, j'ai peur de faire des poils incarnés.* »
Ah, mince : voilà autre chose.

C'est quoi, un poil incarné ?
Un poil avec beaucoup de personnalité ?

Et alors, je fais quoi, moi ?? Je ne vais pas les raser, quand même...
Je scroll, je scroll...

12 h 18
AAAAAH !!
Le portail s'ouvre. Ils sont déjà de retour. Réglés comme du papier à musique, ceux-là. Devait pas y avoir les yaourts bio. Juste le temps de virer mon onglet ET d'effacer l'historique de mes recherches (je ne suis pas folle), je monte les marches à toute blinde et fonce dans ma chambre m'avachir sur mon cahier de maths resté ouvert sur mon bureau comme décor de secours.

12 h 20
– CLÉOPÂTRE ! Viens nous aider à déballer les courses !

Rhaaaaa. Jamais tranquille dans cette baraque. J'ai une sœur, mais il faut croire qu'à 7 ans, on a des bras en mousse et un cerveau de moule, parce qu'elle n'en fiche PAS UNE et ça ne dérange personne.
« Mais elle est petite. Toi, tu es l'aînée. »
Ben tiens. Ça va qu'elle est ultra chou alias mignonne puissance mille.

Parce qu'elle est là, à coiffer son mini-phoque en porte-clés, sans se soucier de rien… Mini-phoque probablement en véritables poils de phoque chassé à coup de massue sur la tronche (on a vu un documentaire là-dessus à la télé l'année dernière, mais quand Maman a voulu le jeter, ça a été un tel drame sonore et visuel qu'on le lui a laissé, commerce illégal de tonsure de veau marin ou pas). Il est pelé et gris sale, il a trois grossières moustaches inégales en fil nylon qui piquent les doigts quand on le caresse, et il s'appelle « Phofokeufeu ». Elle l'adore, et elle le traîne partout. BREF.

– CLÉOPÂTRE !!!!!! Si je t'appelle une troisième fois…

L'année dernière, j'ai voulu voir ce que ça faisait quand elle arrivait à la troisième fois. Ben, j'ai dû copier 333 fois la phrase : « *je n'attends pas le troisième appel pour aider ma mère, je lui réponds poliment et lui propose mon aide de bon cœur* ». 333 fois. Vous avez saisi la p'tite blague avec la redondance du « 3 » ? Ma mère ne manque pas d'humour.

J'ai bien tenté quelques astuces de Google pour abréger mes souffrances. Par exemple, on scotche 5 crayons à une règle, à la verticale, on écrit avec le premier et les 4 autres suivent le mouvement. Enfin, ça marche en théorie seulement, parce qu'en pratique, la première ligne est lisible, mais passé la deuxième on a l'impression qu'un alien myope a essayé de recopier des hiéroglyphes.
Du coup, pour trouver ça un peu marrant et passer le temps, j'ai essayé de faire en sorte que le dernier mot arrive toujours un TOUT PETIT PEU plus loin du bord qu'à la ligne précédente : ça me faisait des lignes toutes serrées à la fin, ce n'était pas inintéressant.
Ou encore, j'en ai profité pour faire du tri dans mes feutres : une ligne, une couleur, et tous ceux qui ne marchaient pas je les jetais. Dans le fond, c'est top, c'est le genre de truc qu'on n'a jamais le temps de faire si on ne nous force pas.

12 h 28
La tristesse de ma vie.

12 h 30
– CLÉOOOOOPÂÂ…

Houlà.
J'me grouille.

13 h 30

En courant dans l'escalier à toute blinde j'ai trébuché sur Phofokeufeu, qui traînait là à côté de ma sœur assise en culotte Pocahontas sur la dernière marche, en train de lire son livre préféré *Gros qui pue* et de se gausser. Je me suis étalée de touuuuuut mon long sur le plancher, le nez contre le radiateur en fonte et la queue du chat pas loin de ma bouche. DÉGUEU.

13 h 32

Je dis « du chat » parce que ce n'était pas Flutiou : lui, il a une queue de petit singe, un pinceau tout mince. Puis, il est propre, il sent le pain chaud, il n'est pas du tout sale comme les deux autres. Non, là, c'était l'un de nos deux gros Maine Coon, genres de chats-chiens croisés avec des ratons laveurs sous Xanax. Ce sont deux masses molles et tièdes bardées de catons de poils, qui se posent dans des coins de la maison et qui ne font pour ainsi dire… rien.

Tom-Tom est noir et blanc.
HAHA, « blanc »… Je devrais plutôt dire gris-marronnasse. Parfois, il a les poils de la collerette collés, luisants et jaunes, et si on fouille un peu, on peut y retrouver des trucs : des brindilles séchées, des feuilles mortes, des ronces, des plumes, du thon, du Kinder Bueno ou des morceaux d'animaux non identifiés. Je préfère ne pas trop m'y aventurer, la dernière fois, j'ai sorti un truc gluant et gris qui sentait l'artichaut.
Tiger est plus « typique » : il est tigré marron blanc et noir. Il est vaguement moins dégueu parce qu'il passe le plus clair de son temps à faire sa toilette. Y compris juste après avoir pris sa dernière bouchée de pâtée, je vous laisse donc imaginer l'odeur de ladite toilette.
Tom-Tom ne fait pas sa toilette, lui. D'après l'éleveuse, il était

le rejeté de sa portée, parce qu'il est noir et blanc et non tigré comme tous ses frères et sœurs (quels racistes ces chats américains !) alors sa maman chat ne lui a pas appris à se laver. Ni à grimper aux arbres, d'ailleurs. Il essaie, mais il n'est pas coordonné du tout et il a peur du vide, du coup ça donne un truc plus proche d'une vache phobique que d'un félin agile et vif.

Pour ça, il est un peu mignon, en vrai.

Vu qu'ils ont plutôt un gabarit veau que chat, on a dû acheter une chatière pour petit chien. Enfin, pas une chatière, du coup, une… une ?… une chienière ?… Bref, une trappe. Mais Tom-Tom a du mal à passer dedans (il y arrive mais après de looooooongues minutes d'extension de pattes arrière mal synchronisées), alors il préfère miauler avec insistance devant la porte d'entrée pour qu'on lui ouvre.
Ou juste se mettre devant et nous jeter un regard noir plein de jugement si on ne le calcule pas.

Non mais l'ASSURANCE du chat, je vous jure.

Tiger lui, de toute façon, il s'en balance pas mal d'aller dehors, la bergère du hall possède tout ce dont il a besoin : un revêtement en toile de Jouy XVIIIe siècle, des accoudoirs Louis XVI sculptés prêts-à-griffer quand lui prend l'envie de se faire une manucure, et un coussin moelleux rouge carmin pour, au choix, se la péter/dormir/se lécher le trou de balle/nous toiser avec panache.
Le monde extérieur est le cadet de ses soucis. Maman croit qu'il s'aventure avec un instinct sauvage et vif dans les profondeurs de notre jardin luxuriant pour faire ses besoins, mais en vrai je l'ai vu, il parcourt deux mètres cinq et il va dans ses

hortensias, juste sous la fenêtre de son bureau, il fait sa crotte dans cinq centimètres cubes de terre qu'il gratte à peine du bout de ses chaussons fourrés blancs pour ne surtout pas se salir, et il rentre se réexposer sur sa bergère.

ANYWAY, tout ça pour dire qu'à plat ventre par terre, la vieille touffe noirâtre et poisseuse de Tom-Tom à une distance TRÈS INQUIÉTANTE de ma bouche, et ma sœur morte de rire derrière, j'étais encore en train de me faire engueuler.

– Oh, mais qu'est-ce que c'est que ce boucan ? Tu es tombée ?
– Oui, je...
– TU N'AS RIEN CASSÉ J'ESPÈRE ?

Le sens des priorités de ma mère. Non, non, je n'ai rien cassé MAIS J'AURAIS PU MOURIR, J'TE SIGNALE !
(De toute façon, je m'en fous, j'ai noté le numéro de SOS enfants maltraités dans mon téléphone.)

– Quelle grande truffe alors, mais c'est pas vrai. Il faut que tu RÉ-FLÉ-CHISSES tes gestes, Cléopâtre. Tu fais tout trop vite, il faut faire des mouvements mesurés et lents.

Du coup, j'ai fait exprès de déballer les 6 sacs de courses suuuUUUuupeeEEeeer leeennnteeeUUUmeent, et ça l'a bien énervée.
Haha.

13 h 45
Vivement la rentrée !... Au moins, quand je suis au collège, je suis LIBRE.

15 h 00

Dans mon jardin, au bord de la piscine

Je m'ennuiiiiiiie.

15 h 15

Et voilà : Tom-Tom boit l'eau de la piscine, et Maman gueule à l'autre bout du jardin.
L'éternelle rengaine, chaque jour. Je pourrais prédire au détail près ce qui va se passer :

Ma mère, de loin : TOM. NON !

Tom couché au bord de la piscine, le menton dans l'eau, boit peinard.

Maman : TOM ! PPPSSSSCCHHHHIIIIT.

Boit, boit.

Maman : MAIS !!! TOM. NON ! TOM !!! ARRÊTE.

Boit, boit, met les deux pattes dans l'eau.

Maman : PSSSCCCCHHHHHHHHHHHHHHIIITTT ! TOM !!!

Boit un peu plus vite.

Maman (se lève) : Mais c'est pas vrai, ce chat ! TOM, T'AS FINI, OUI !!!

Boit super vite, l'arrière train à demi levé.

Maman : TOM !!! TU ARRÊTES ! ALLEZ !!!

Boitboitboitboitboitboit.
Elle arrive à sa hauteur et à une seconde prêt il bondit comme une chèvre et atterrit dans un fourré, hors d'atteinte.

15 h 27
Bingo.
Scénario exact, sauf qu'au lieu de sauter dans le fourré il a tracé tout droit par le potager que Jean-Mi a planté derrière la piscine, et il a piétiné tous les plans de courgettes.

Maman est verte.

15 h 30
Mais lui, au moins, il n'a pas à copier des lignes quand il fait une bourde.
« *Je ne bois pas l'eau de la piscine* », 300 fois Tom-Tom, allez !
Non, lui, il va courir la truffe humide au vent, le caton gras flottant et les coussinets foulant la terre humide.
Libre.
Moi, je suis ÉPIÉE constamment.
IN-JU-ST-ICE.

15 h 35
Maman, *par-dessus mon épaule* : C'est bien, d'écrire ! Tu as raison, ça fait progresser, ma chérie.

BEN VOYONS !
Évidemment, elle est sympa PILE quand je me plains d'elle.

TSSSS. On dirait qu'elle lit dans mes pensées et qu'elle fait exprès de m'embrouiller. Je suis sûre qu'elle est mentaliste, ou télépathe ou, je sais pas, VOYANTE.
Elle me manipule, voilà, la vérité.

22 h 00
Cette journée restera donc gravée à vie dans ma mémoire, en tant que celle où j'ai découvert que je disposais de pilosité mammaire.

22 h 30
… Et je viens de me rendre compte que de l'avoir écrit dans mon journal est la chose la plus débile que je pouvais faire : je viens de prendre le risque de dévoiler sur papier mon secret le plus traumatique au monde entier, au lieu de le garder pour moi comme n'importe quel individu NORMAL doté d'un minimum de dignité.

Maman dit toujours : « Les paroles s'envolent, les écrits restent. »
Et si ce journal tombait entre de mauvaises mains ?

22 h 45
Note à moi-même : brûler ce journal.

Vendredi 19 août

19 h 02
Aujourd'hui, pour fuir la canicule et l'ennui, on est allés au Musée d'art contemporain tous ensemble, avec Chaco, Maman et Jean-Mi, voir une rétrospective de Yoko Ono. Je ne la connaissais pas tellement (comprenez « pas du tout ») avant cette aprèm, chose apparemment impardonnable. Un truc en rapport avec un certain John Lennon… Excusez-moi de ne pas être un DINOSAURE, hein.

Bon, en tout cas c'était cool.

J'aime bien quand je vais voir des expos de femmes artistes, ça change. D'habitude, c'est toujours des hommes, et c'est comme si on me criait : « Hey, mais tu n'y arriveras jamais toi, pauvre fille. »

Alors que là, ça m'aide à plus me projeter.
Des nanas badass, ça me file la pêche.

C'était pas niais du tout, c'était même un peu intense parfois. Dans une salle, elle a fait écrire à des femmes leurs expériences de violence avec des hommes, en laissant des papiers à disposition dans la pièce. Et ça parlait beaucoup de viol. C'était hyper triste, parce que les murs étaient remplis de témoignages jusqu'au plafond, alors que l'expo n'avait commencé que depuis quelques semaines…

Ça m'a fait pleurer mais je ne l'ai pas dit aux parents, parce que j'ai quand même une fierté.

Si je commence à leur avouer que j'ai quelques faiblesses lacrymales, ils seront deux fois plus sur mon dos.

Je ne savais pas qu'autant de femmes étaient violées, et j'ai trouvé ça trop bien que Yoko Ono le dénonce. Si j'étais une artiste, j'aimerais bien me battre contre des choses importantes moi aussi.
Et pendant que je retenais mes larmes et pensais intérieurement à la souffrance de milliers de femmes dans le monde, Chaco montrait chaque œuvre à Phofokeufeu en lui parlant dans un langage obscur. Elle a piqué une crise de flip au milieu d'une des salles à cause d'une échelle.

Des joies d'avoir une petite sœur.

Enfin, ça, ça allait encore.
Le pire, ça a été quand Jean-Mi, en plein milieu de la salle de l'expo, a soudain décidé de faire une pseudo-chorégraphie indienne type danse-de-la-pluie avec bruitages, gestuelle et chants de gorge assortis, si crédible que tout le monde a cru que c'était une performance et s'est mis à l'encercler puis à l'applaudir.
Ah oui, je ne vous ai pas dit, mon beau-père est complètement allumé.

Yoko, pardonne-moi !

Ma mère était morte de rire, c'est déjà ça.

Ils ne se lâchent jamais la main tous les deux, et ils s'embrassent tout le temps, même quand mon beau-père fait le clown, ce qui arrive une fois sur trois quand on est en public.

La dernière fois, on l'avait perdu au supermarché, et quand on l'a retrouvé il était en train de vendre des mandarines sur un stand, à côté de la vraie vendeuse ultra gênée, en mode à la criée :
– QuiiiIIiiii veuUUuuut des maAAndariiIIIIiiineuuh, QUI ?

Quant à la question : comment avait-il réussi à se procurer une casquette et un tablier du stand… ALLEZ SAVOIR ?!

En public, je ne veux pas qu'on puisse identifier clairement que je suis liée à eux d'une quelconque façon, donc je m'arrange pour toujours évoluer à au moins une salle d'écart… mais ils sont plutôt mignons.

19 h 10
Pour des vieux.

19 h 15
En fait, Maman et Jean-Mi, c'est une histoire un peu spéciale. Je ne lance pas Maman sur le sujet, sinon elle me tient la jambe pendant une heure avec ses « tu vois, c'est le destin », ou « y a des choses écrites, parfois » et autres croyances d'ancêtres.

Mais c'est un peu cool : ils se sont croisés dans la rue, quand ils étaient jeunes, c'est-à-dire à la préhistoire. Maman avait 20 ans et trois poussières, et Jean-Mi était un jeune marié de 27 ans. Les deux étant plutôt de la team avion de chasse, le coup de foudre a été réciproque, en pleine rue passante un samedi après-midi.
Quand Maman me le raconte, elle s'arrête toujours à ce moment précis pour insister : « Oui, parce que tu comprends, comme j'étais mannequin à l'époque, je sortais d'un défilé, donc j'étais maquillée coiffée, habillée. Tu sais, j'ai beaucoup

défilé, quand j'étais jeune, j'étais mannequin maillot de bain, et blablablabla »...
C'est souvent là que je recentre le débat.
Donc : après ce coup de foudre réciproque, ils sont allés boire un café et sont tombés fous amoureux. Ils aimaient la nature, la randonnée, l'art et le vin rouge : l'accord était parfait.
Mais bon, amour impossible, lui étant marié et sa femme attendant un bambin. Du coup, ils se sont séparés, pourtant fous l'un de l'autre.

Ensuite Maman a fait sa vie, elle est entrée dans l'équipe de rédaction d'un magazine d'art lyonnais et elle y a rencontré mon pater 6 ans plus tard.
Qui, lui, pour le coup, l'a séduite avec une arme inconnue qui ne relève pas du physique, étant plutôt de la team cachalot avec dents en or et haleine café-clope.

Si ma vie était le film *Madame Doubtfire*, mon père serait plutôt feu Robin Williams, et Jean-Mi serait Pierce Brosnan (j'ai déjà mentionné sa ressemblance avec lui plus haut).
Pour vous dire.

19 h 17
Ndlr : je sais, il n'y a que moi en 2017 qui cite ce film. Il est passé sur Teva et j'ai adoré. VOILÀ.

19 h 19
BREF : la madre a épousé le padre, tous deux sont devenus respectivement rédactrice en chef d'une revue d'Art et journaliste spécialisé en histoire de l'art et culture du Web. Ils ont embrassé leur carrière et, au milieu des soirées arty et des vernissages flamboyants, ils m'ont conçue.

Enfin, pas LITTÉRALEMENT, je veux dire, ils ne se sont pas reproduits au beau milieu d'une soirée cocktail.

19 h 20

Remarquez…

Cela expliquerait ma passion pour la mauvaise pop des années 2000 et les Curly à la cacahuète.

19 h 25

Du coup, quelques mois après cette rencontre arty/pub, je suis née. J'étais une enfant unique et géniale évidemment, pleine de génie et d'excentricité. Ma mère m'a inscrite à la danse classique et mon père me séchait les cheveux deux soirs par semaine après le bain en jouant au ni oui ni non. J'ai écopé du Surnom « Cléo le casto » à 5 ans, la faute à mes dents de devant un peu proéminentes. Puis, ça a commencé doucement à crier, à se crêper le chignon, Papa ne s'occupait de rien, Maman était à bout de nerfs, 6 ans plus tard ils ont quand même remis ça avec Athéna, micro-chose adorable et croqui-choupette, et quand j'ai eu 9 ans…
ils se sont séparés.

Et le truc DINGUE, c'est que Maman a retrouvé Jean-Mi par hasard, parce qu'il avait emménagé juste à côté de notre nourrice-nounou, et qu'ils sont tombés l'un sur l'autre dans la rue un soir alors qu'elle venait me chercher après l'école. Coup de foudre bis, volonté du cosmos et de l'univers d'après la Mater, pure coïncidence due à notre logement dans une petite ville d'après moi (on vit à Lyon, enfin, dans les monts d'Or, une zone un peu campagne de la banlieue lyonnaise dans laquelle tout le monde se connaît plus ou moins de vue).

Ils étaient toujours aussi croque love l'un de l'autre, et ils se sont remis ensemble peu de temps après leurs divorces respectifs.
C'est un peu romantique.

Et Jean-Mi est vraiment cool (bien qu'un peu dingue sur les bords...). Donc ça a mis le bazar dans nos vies, mais on s'est vite habituées à ce nouveau schéma avec Athéna.
Il a aussi deux garçons : Roméo le plus âgé qui fait ses études à l'étranger, et Maxence qui a un an de plus que moi. Mais lui, il vit avec sa mère et je le connais très mal... On ne le voit jamais. Je ne sais pas si Jean-Mi est triste de ne pas voir ses garçons. Il n'en parle pas trop.

Et Papa, on le voit un week-end sur deux.

20 h 04
Flutiou vient de me rapporter une souris décapitée.
Je dois interrompre mon récit pour aller nettoyer le sang sur mon tapis.
MERCI BIEN, LA FLÛTE.

Dimanche 21 août

13 h 45

HAAAAAAAAAN, hier, JOURNÉE DE LA PERFECTIIIOOOOOOOOON !

Enfin, il se passe des choses intéressantes dans ce trou à rats. Je vous raconte :

Chloé, ma besta d'amouuuur, a pu venir dormir à la maison, et on a lancé la MCIDV : Mission-Commando-Identité-Des-Voisins (j'aime bien ce nom de code, parce qu'on dirait des chiffres romains).

J'explique : chez Maman, on vit dans une maison au sein d'une copropriété : du coup, j'ai plein de voisins qui partagent le même jardin que nous. Enfin, non, on a chacun notre parcelle, m'enfin ce n'est pas cloisonné, quoi. Et hier soir, la voisine d'en face Mme Rambucheau organisait un petit dîner dehors, en terrasse, avec des amis. Notre mission avec le Dindon (surnom de Chlo) : s'infiltrer le plus près possible du dîner sans être repérées, et tenter de deviner, par le biais de notre écoute infaillible :

1) le nom des convives
2) leurs liens de parenté/amitié
3) leur métier.

Pour ce faire, on s'est munies de l'enregistreur vocal de Jean-Mi. Il est médecin, et parfois il s'enregistre dessus pour des bilans ou des consultations, mais il en a eu un numérique pour Noël à son cabinet, du coup, il m'a donné le vieux qui est sur cassette (oui, je sais, sur CASSETTE : paie ton objet préhistorique).

On s'est maquillé un peu le visage pour ne pas être vues dans la nuit avec du fusain mouillé et de la peinture à l'eau marron, on a mis un casque de vélo chacune qu'on a recouvert de branches de laurier pour se fondre dans le décor, et on a enfilé une tenue d'espionne. Enfin, on a fait ce qu'on a pu sachant qu'il faisait 32 degrés et que j'ai tendance à suer quand je stresse. Même quand je ne stresse pas, d'ailleurs.
J'ai donc gardé juste un débardeur noir pour transpirer librement, l'aisselle à l'air, et j'ai mis un bermuda kaki. Mode caméléon : activé. On a ajouté à ça un petit carnet pour prendre des notes, un stylo qui s'allume quand on écrit, une lampe de poche pour se diriger dans le jardin et, évidemment, des jumelles.

– Vous faites quoiiii ?

Ça, c'était Chaco qui essayait de se taper l'incruste.
C'est les vacances, et il faut croire que la madre se ramollit question autorité parentale parce que laisser une enfant de SEPT ANS éveillée à 22 h, c'est franchement de la négligence. Elle était là, sur le pas de ma porte, Tiger coulant et blasé dans les bras, à qui elle avait passé un petit gilet rose pâle et des chaussons (il n'en restait plus qu'un en place, mais j'imagine qu'il a eu droit à la panoplie complète).

Moi : Laisse tomber, on fait des trucs de grandes.

J'adore ma sœur, mais là c'était trop dangereux pour elle. Elle allait nous ralentir en plus.

– Ouaaaah, vous êtes trop belles.

Cette enfant est la chose la plus gentille qui vive sur cette terre.

Je lui ai dit qu'on était désolées, qu'on ne pouvait pas l'emmener avec nous mais que, demain, on lui raconterait tout. Elle est partie sans demander son reste, docile, et j'ai entendu au loin :

– Viens, mon Tiggy. Toi, je t'aime, on va faire des jeux.

Suivi d'une sorte de complainte étouffée.
Sorry Tiger, on a dû lâchement t'abandonner.
Après cet instant émotion, on s'est dirigées vers le jardin. Quand j'ai ouvert la porte, Maman m'a dit au loin, du salon :

– Vous allez où, Cléo ?
– Heu... on va admirer les étoiles au bord de la piscine !
– Mets une veste. La nuit, il fait humide.
– Oui, ouiiiiiii.

C'est ça, et puis quoi encore ? J'étais en mission, là. Pas question d'encombrer ma tenue de combat. Vu la chaleur ambiante en plus, merci bien.

La maison de Mme Rambucheau et, de surcroît, sa terrasse se trouvent PILE en face de notre entrée et de notre porche. Mais on n'allait évidemment pas prendre le portail, l'ouvrir gaiement avec tout le boucan des clés, tintement de métal et porte qui grince : on est des ESPIONNES.
Au lieu de ça donc, on est passées en douce derrière la maison, on a traversé discrètement la terrasse de nos voisins du dessous, les Chevassiaux (à un moment, il a fallu ramper pour ne pas qu'ils nous voient) puis passer par le jardin des Duval qui, eux, n'étaient pas là, et enfin, nous avions accès au buisson de cyprès/rosiers qui était PILE sous la terrasse en hauteur de Mme Rambucheau.

J'ai fait un petit plan :

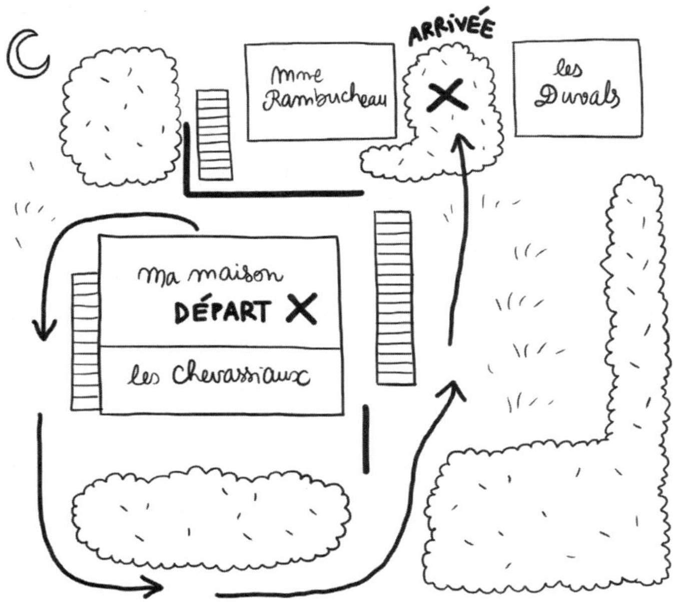

Tout le monde mangeait et riait, alors on a pu s'infiltrer dans le buisson lentement et délicatement sans se faire remarquer. J'étais PILE sous le bord de la terrasse, des branchages couvraient mon visage, et je voyais presque toute la scène.

Chlo : Raaaah, ça me pique le fessier !
Moi : T'es assise sur une bouture de rosier.
Chlo : Ah, mince !

Je commençais à vouloir enregistrer mes observations sur le magnétophone, mais Chlo n'arrivait pas à trouver une place confortable. Faut dire qu'on était entourées de ronces piquantes, fallait faire gaffe. Du coup, on remuait, remuait et, à un moment, j'ai réécouté la conversation de la tablée, et j'ai entendu ça :

– Ça bouge bien fort, dans ces buissons… C'est étrange, non ?
– Oh, ça doit être les chats. Y en a partout, ici.

(Elle avait pas tort, Tom nous avait suivies et s'était couché dans le buisson juste derrière Chlo. Du coup, il nous bloquait la sortie, et se léchait là, peinard, en plein milieu des épines et des branches de sapin.)

– Mmmh, c'est bizarre, les chats ne font pas autant de grabuge d'habitude.
– Tu crois ?

On avait éveillé les soupçons. Je me suis retournée et j'ai tenté de faire comprendre à Chlo avec des gestes de ne SURTOUT PLUS BOUGER (j'étais au pied de leur terrasse, si je parlais, ils allaient m'entendre, je devais faire preuve d'inventivité question mime). Je lui ai imité un couteau qui tranche une gorge, dans les films ils font ça pour dire « coupe, coupe !! », enfin « STOP ! », en gros.
Mais Chlo ne me voyait pas parce qu'il faisait noir comme dans un four, et qu'on ne pouvait pas non plus allumer les lumières sous peine d'être grillées illico (car jusque-là, on pouvait encore faire croire qu'il s'agissait de deux gros chats malhabiles : mais si de la lumière se mettait à sortir des fourrés version disco, ça allait être plus dur à expliquer de façon crédible). Résultat, crounch crounch crounch, et vas-y que je croustille dans les feuilles mortes et fasse bouger les branchages. Prise de panique, j'ai chopé une pomme de pin et je lui ai balancé en pleine tronche. Quand elle a levé la tête, j'ai placé un rapide et sec :

– CHHT !!! On est repérées !

Et elle a cessé son boucan illico. On a tendu l'oreille. Enfin, moi, parce que je ne savais pas du tout dans quelle posture ni dans quel état d'esprit était le Dindon, à un mètre derrière moi dans le noir obscur du bosquet.

– Ça a l'air de s'être calmé ? (Mme Rambucheau)
– Ce ne seraient pas des chiens sauvages, par hasard ?
– Oh ! Quand même… Tu crois ?
– Écoute, moi, je ne suis pas rassurée.
– Bruno, va chercher une lampe de poche.

Et de 1) : Bruno !!
Je m'enregistre :
« Shhrrrrk : Bruno semble être le fils de Mme Rambucheau. Terminé. »

YES !!! Sherlock Holmes, sooooors de ce coooorps.

Portée par ma première victoire, j'ai saisi mon carnet et commencé à noter ma découverte à l'aide du stylo lumineux. Sauf que, pendant que je m'appliquais à inscrire mes preuves, j'ai entendu un vacarme invraisemblable de branchages et croustillages au sol, suivi de quelques halètements et cris étouffés.
CHLOÉ S'ÉTAIT BARRÉE !!!
Elle avait craqué sous la pression et était partie à toute blinde, ne prenant aucune précaution question décibels, comme si soudain sa vie en dépendait. Le temps que je réalise ce qui se passait, j'entendais déjà la chaise de Bruno racler le sol, et voyais les faisceaux de lampes de poche s'apprêter à balayer le fourré.

Une seule chose à faire : fuir.

Je ne pouvais pas prendre le chemin précautionneux qu'on avait emprunté à l'aller, qui slalomait intelligemment entre les ronces : pas le temps ! J'ai dû aller au plus rapide, et pourfendre d'une ligne droite les trois plans de rosiers aux épines tranchantes.
Juste le temps d'enjamber Tom-Tom et de débarouler la pente du jardin comme une dératée, en espérant que la nuit et son obscurité partielle me cachaient, ou que les gus étaient trop préoccupés par les buissons pour jeter un œil au jardin d'en face.
Chloé m'attendait en bas, devant le jardin des Chevassiaux, tremblante sous un arbre.

– Chui désolée, j'ai… j'ai flippé.
– Holalaaa, t'imagines, s'ils nous avaient vues, avec les casques à laurier, la lampe de poche et les jumelles… LA HONTE !

Et on est parties en FOU RIRE total.

– Han, Cléo, ton dos !

Je m'étais égratigné tout l'arrière des épaules et du dos : la faute aux rosiers.

13 h 50
Et là, j'ai pensé à un seul truc :
« Prends une veste. »

13 h 51
Pourquoi faut-il que Maman ait TOUJOURS raison ?

13 h 52

Pfff !, je m'en fiche, c'était la meilleure soirée du monde.

13 h 55

Quand on est revenues discrètement de notre escapade nocturne, Tiger, sculptural sur sa bergère dans l'entrée, nous a gratifiées d'un lent, morne et monotone :

– MmmmaaAAÂÂaÂÂââââââÂÂÂÂaaaaw.

L'inutilité faite chat.

Lundi 22 août

19 h 00

Aujourd'hui Chlo est restée jusqu'à 16 h.
On a joué aux Bobs toute l'aprem. JE NE POURRAIS JAMAIS VIVRE SANS ELLE, c'est ma jumelle, ma sœur, ma meilleure amie, mon TOUT.
Je m'ennuie déjà, alors que ça ne fait que trois heures qu'elle est partie.

Précision :

Les Bobs, c'est les Barbies.
Oui, avec Chlo, on joue encore aux Barbies, même si on sait qu'à 13 ans il n'est pas socialement convenable de l'admettre publiquement. Alors, on a codifié le truc, pour pouvoir en parler librement.
Même si nos histoires n'ont FRANCHEMENT rien de bébé. Il y a beaucoup d'histoires d'amour, de tromperies, de violence et de drames.
On a même fait mourir Adam aujourd'hui, notre perso préféré, dans un accident de voiture. Je lui avais peint toute la tête avec de l'aquarelle rouge pour faire le sang.

12 h 02

Faites que personne ne lise jamais ça.

Vendredi 26 août

9 h 00
Houlalalalala.
Ça y est, c'est la panique.

La rentrée, c'est dans une semaine, alors ici c'est l'hystérie collective. Il faut se remettre aux devoirs, acheter les fournitures, faire du shopping de rentrée (je grandis tellement vite qu'il me faut de nouvelles fringues tous les 6 mois)… Maman est passée en mode multifonctions.

Programme de la journée :
Aller à Auchan acheter les fournitures scolaires pour Groudoff (meaning ma sœur) et moi-même, enchaîner sur les courses et prendre des croquettes et de la litière pour les trois chats sur le chemin du retour.
Ô joie, je suis une adolescente comblée.

20 h 00
Eh bien, ma foi, le bilan de cette journée est plutôt contrasté.

1) J'ai un agenda Dinosaures, et ça c'est la classe.
2) Il y a eu l'arrivée puis le départ précipité de M. Philippe.
3) Gros fou rire avec Jacobin (toujours ma sœur) pendant notre mission courgettes.
4) Fou rire pour lequel nous sommes punies toutes les deux.

Il faut absolument que je raconte en détail cette journée de dingue.

Bon, d'abord, comme prévu, on est parties acheter nos fournitures.
Chaco voulait une trousse phoque, et on a passé une heure dans le rayon à tenter de lui certifier que celle avec des dauphins pailletés était ce qu'il y avait de plus proche, faute de phoques.
Immense drame, qui a saoulé Maman rapidos. De mon côté, je voulais un agenda cool, pas un truc niais avec des chatons (ou des dauphins, justement), ni un truc prise de tête genre machin minimaliste d'étudiant fayot-barbant, mais plutôt un truc décalé, un peu kitsch… un truc FUN. Ma passion non assumée pour Barbie m'a fait pleurer intérieurement devant un spécimen rose pâle et vert d'eau de Barbie sirène entourée de coquillages et de coraux irisés. Pour le kitsch, j'étais bon, mais pour le niais…
Naaaan, impossible de débarquer en quatrième avec un truc pareil (en revanche, il m'aurait fait un chouette journal intime. J'DIS ÇA, J'DIS RIEN…).
J'ai donc reposé à regret cette merveille pastel et suis tombée sur un modèle ultra graphique, avec des dinosaures illustrés trop canons. Je détaille cette chasse à l'agenda parfait parce que c'est la seule pièce sur laquelle j'ai eu le droit d'être exigeante (et c'est là-dedans que mes potes m'écriront des mots toute l'année, donc je veux en être fière).
Le reste, classeurs, cahiers, stylos, règles, on a expédié. Maman m'a demandé de faire au plus vite parce qu'on n'avait pas que ça à faire, et je me suis retrouvée avec une myriade de cahiers laids et d'une simplicité aberrante, estampillés Auchan, avec le sublime logo oisillon en bas de couverture.
AU TOP.

Je m'en fous, je les recouvrirai avec des trucs. Des stickers, de la peinture, n'importe quoi qui cachera ce logo de la tristesse.

Bon, j'ai quand même réussi à obtenir après de looooongues minutes d'argumentation un kit de mini-gommes Pokémon. Faut pas exagérer.
En chemin, Athéna avait dégoté un stylo-plume en mousse géant, qui devait jadis faire partie de la déco « rentrée des classes », mais qu'elle traînait au sol et serrait dans ses bras comme un doudou. Le mec de la sécu lui a couru après sur deux rayons, et Maman a dû expliquer à mon rat des champs que les articles, mêmes géants et en mousse multicolore, n'étaient pas à sa disposition dans les magasins.

Du coup, pour faire taire ses hurlements de déception quand le type lui a arraché des bras l'énorme stylo mou pour le re-suspendre à l'entrée du rayon, elle lui a offert un porte-clés éléphant de mer.

Non mais, question : QUI fabrique ça, sérieusement ? Vous les imaginez, là, dans leur usine à porte-clés, pendant une réunion de brainstorming un lundi matin ? « Hey Mireille : ça te dirait qu'on s'lance un défi un peu fou ? » « Ouais Michel, balance l'idée. » « Et si on créait.... UN PORTE-CLÉS ÉLÉPHANT DE MER RÉALISTE ?!!! » Le tout suivi d'ovations, de check et danses de la joie ??

Remarquez, la question n'est finalement pas tant : « qui fabrique ça », mais plutôt : « qui veut bien ACHETER ça ? ». Réponse : ma barjo de sœur.

Après toutes ces réjouissances à haute dose de mammifères marins, on a enchaîné avec les courses alimentaires.
BORING BORING BORING.
C'était cool quand j'avais le droit de m'asseoir à l'avant du chariot, mais maintenant il faut marcher ET aider. La plaie.

– Alors, qu'est-ce qu'il nous fauuuut pour le matiiiiin… Lait demi-écrémé, lait d'amandes, muesli, yaourt au lait de brebis… OOOOH ! Super ! Il y a la promo sur les yaourts dans des petits pots en terre cuite ! Cléo, va me chercher trois packs !

Et alleeeeeez, c'était reparti pour la passion « petits pots en terre cuite ». Ma mère les lave et les collectionne… pour rien ! Il y a une armée de pots vides dans le cellier, des centaines, prêts à partir conquérir le monde.
Ils attendent depuis cinq ans, condamnés à une existence immobile dans le noir.
Et le pire, c'est que Jean-Mi l'encourage : il lui dit que c'est super et qu'il aimerait faire une sculpture avec quand ils en auront plus d'une centaine.

Il n'y en a pas un pour rattraper l'autre, sérieusement.

– Emmène ta sœur et surveille-la. Ils sont dans le rayon derrière toi, vers les bonnes affaires. Ah, et prends-moi quatre courgettes, six carottes, des pommes de terre Charlotte et un brocoli s'il te plaît. Je vais au rayon poissonnerie.
L'esclave de service, j'ai nommé moi-même. J'ai attrapé mon mini-croûton de sœur par le bras, et je l'ai traînée au rayon promo.
– Il s'appelle Monsieur Philippe, m'a-t-elle dit en me montrant son nouveau pote le porte-clés éléphant de mer.
– Passionnant.
– Dis-lui bonjour !!
– … (instant de désespoir)… Bonjour, Monsieur Philippe.

Et la voilà qui se poilait.
J'ai pris les packs de yaourts et suis arrivée au rayon légumes

où j'ai commencé la PASSIONNANTE mission de pesée de courgettes.
J'ai posé mon butin sur la balance et me suis imprimé une étiquette avec le poids à coller sur le sachet, quand soudain une dame en manteau chic beige (alors qu'il faisait 32 degrés), talons aiguilles et robe beauuuucoup trop habillée pour un vendredi matin à Auchan m'est rentrée dedans et a fait tomber mon panier par terre.

– Hey ! Vous pourriez dire pardon !

Elle m'a toisée et est repartie en haussant les sourcils d'un air dédaigneux. Quelle vieille bique !
J'avais encore l'étiquette « courgette » collée au doigt. J'ai soudain regardé ma frangine, l'œil machiavélique.

– Hey, Galibruge... Ça te dirait qu'on s'amuse un peu ?
– Il faut demander à M. Philippe.

J'ai décidé de jouer le jeu, pour gagner du temps. Je me suis penchée et ai parlé à l'(absence d')oreille du pachyderme des océans :

– Eh, Philippe : j'ai une mission pour toi. Tu vois cette vieille pie qui m'a traitée comme une vulgaire tranche de saumon avarié ?
– (*J'ai imité sa voix en réponse, un peu grave et cassée*) Ouais, chef.

Ma sœur se marrait.

– Eh bien, on va aller coller sur son bel imper beige ce qu'on pense de sa réelle identité. Si tu vois c'que j'veux dire.

J'ai désigné mon étiquette « courgette », collée sur mon index. Les yeux de ma sœur se sont illuminés.

– Tu vas aller la distraire, et moi pendant ce temps je lui colle l'étiquette « courgette » dans le dos. Ok ?
– Mais… je dois dire quoi ?….
– Tu… Tu n'as qu'à lui parler de M. Philippe.

La micro-sœur s'est exécutée. Elle s'est approchée de la sorcière (en train de choisir une bouteille de vin), et lui a montré M. Philippe, se lançant dans un monologue particulièrement convaincant.
Je me suis faufilée discrètement dans son dos, et alors qu'elle se baissait pour parler à hauteur de ma sœur et lui demander où étaient ses parents, clac ! Ni vu ni connu, je lui ai collé l'étiquette dans le dos, en plein milieu de son manteau chic.
« Courgette ».
MOUHAHAHAHA !!!

J'ai récupéré ma frangine au passage, m'excusant de l'avoir perdue, et on a filé au rayon fromages se fendre la poire. Fortes de notre victoire, on est retournées au rayon légumes et on s'est imprimé tous les noms qui nous faisaient marrer : Asperges, Patates, Choux-Fleurs, Choux-raves, Poireaux, Patates douces, Radis, Courges, Courgettes, Potirons…
En fait, ils étaient tous un peu drôles, surtout si on les collait sur la bonne personne.

J'ai collé « Asperges » dans le dos d'un gus immense, « Choux-fleurs » sur une vieille dame qui avait les cheveux crépus… « Poireaux » sur un mec tout maigre, avec une coupe au bol et un gros pantalon en velours vert style années 70.

Le FOU RIRE !!!

Sauf qu'au bout de quinze minutes, Maman s'est mise à nous chercher, et elle m'a trouvée en train de coller « Patates douces » sur la capuche d'une grosse dame rousse...
Je suis privée de télé/portable/Internet pendant une semaine, et Chaco a dû rendre M. Philippe. On lui a dit adieu, et on lui a promis de passer le voir CHAQUE FOIS qu'on ferait des courses.
Dans la voiture, ça a été le sermon du siècle.

Maman : Non mais vraiment, Cléo, qu'est-ce qui te passe par la tête parfois ? On ne colle pas des étiquettes de légumes dans le dos des gens !
Moi : Oui, je sais. Mais au début j'ai juste collé « Courgettes » à une dame parce que...

Au mot courgette je n'ai pas réussi à me retenir, j'ai éclaté de rire.
Maman a froncé les sourcils mais je la voyais dans le rétroviseur, elle se retenait de rire.
Jacobin alternait entre rires et larmes, le visage luisant et rouge, et répétait :
– Courgettes... Pppfffff wHAHAHAHAHAHA ! Mais MoOOeuusieur Philiiippe il avait riiiiiien faiiiiiiiiit, heuuuuuuuuuheuheuheu !

Quand on est rentrées, j'étais pliée en deux. Maman m'a dit, en retenant un sourire et tâchant de rester ferme, « Allez, tu files dans ta chambre jusqu'au repas ! », pendant qu'Athéna continuait de hurler, la morve au nez « MooOOOoonsiEeeuHEUheu PhiHIhilippe beuwwhaaaa ».

Jean-Mi n'a rien compris.

22 h 00
Maman a servi des courgettes au dîner.
Elle l'a fait exprès, j'en suis sûre !

23 h 00
Dans mon lit

… Je ne peux pas m'empêcher de penser à M. Philippe, seul dans le noir, raccroché sur son clou au rayon jouets d'Auchan, et qui doit penser avec émotion à cette vie qu'il aurait pu avoir si on l'avait ramené avec nous, si on l'avait fait voyager, découvrir la nature et la vie de famille, les rires, les disputes, la chaleur d'un lit…

23 h 02
Je pleure.

Samedi 27 août

15 h 00

Sur mon lit, dans ma chambre. Toujours privée de télé et d'ordi suite à l'incident courgettes.

Bientôt la rentrée.

Ça m'angoisse ça m'angoisse, ça m'angoiiiiiisseuuuuh.
Certes, le pourcentage de chances que je sois dans la même classe que Chlo est plutôt grand (bonheuuuur de coller mon Dindon d'amour toute la journée), mais quand même… ÇA M'ANGOISSE.

L'année dernière a été… compliquée.
Le collège : entrée périlleuse dans un monde parallèle où il faut être beau, cool, un peu méchant et pas trop fort en cours. Or je suis moche, pas cool, un peu trop gentille et assez forte en classe. Je ne suis pas de celles qui se fondent dans la masse avec panache et qui sont admirées des autres.

NoOOOOope.

Je suis plutôt du genre… ovni, à porter des blouses brodées de ma grand-mère provenant de l'an 300 avant Jésus-Christ sur des jeans Zara customisés par ma mère. Rappelons aussi que je porte un prénom ridicule, que j'ai des jambes affreusement maigres parce que « j'ai grandi d'un coup » comme se plaît à me le répéter mon médecin, des cheveux gras et plats, pas de seins, pas de fesses, un menton en galoche hérité du géniteur et des narines de piaf…

BREF : me mélanger à mes congénères adolescents de façon naturelle ET me faire accepter d'eux n'est pas chose simple. C'est plutôt même l'inverse. On pourrait presque dire que j'ai un super-pouvoir, celui de me faire moquer par la terre entière. Je collectionne tous les surnoms humiliants qui passent, liés à mon prénom, mes (non) seins, mes jambes maigres ou juste ma tronche.
Je ne sais pas ce qui est le pire.

Les garçons de ma classe sont clairement bipolaires : parfois, ils ont un comportement humainement satisfaisant, sont capables de dire bonjour et de lancer une conversation suivie, et parfois ce sont de vrais attardés : ils rient comme des phoques, nous tapent, ne font rien mais le font tous ensemble en riant comme des phoques. Comment voulez-vous trouver l'âme sœur dans ce ramassis de bulots sans âme ?

Il y a bien Henri… mais…
L'année dernière, j'ai failli sortir avec lui, mais en fait il est trop stupide. Bon, ok, parfois il est sympa, mais les jours où il a décidé d'être débile, il est quand même franchement saoulant et il ne me donne plus envie du tout de sortir avec lui.

Mais en même temps, si je fais un peu le tour…
– Grégory a une tête de hamster
– Laurent mesure 2 m 50 et a une voix en ascenseur (un coup aiguë, un coup grave)
– Stephen ressemble à un nain de jardin scandinave
– Benjamin a un cheveu sur la langue
– Pierre-Maxime a les oreilles tellement décollées qu'il pourrait voler avec
– Fabien a redoublé trois fois, est tout voûté et a plein de pustules orange sur la tronche

– Ahmed a une longue mèche de cheveux unique dans le cou comme on n'en fait plus depuis AU MOINS DIX ANS
– Ruben a les cheveux décolorés blonds juste sur le dessus de la tête et, important : il sent la chèvre
– Adrien a un gros front
– Liang est pas mal mais il s'agrafe les genoux pendant les cours de maths.

Donc, si on y réfléchit bien, ma classe n'offre pas non plus un large choix de potentiels futurs Roméo.
Non pas que je mérite un ULTRA BEAU GOSSE, surtout si on part du principe que « qui se ressemble s'assemble » : dans ce cas je dirais plutôt que je mérite une triple médaille d'or de mocheté. Mais au moins un mec non répugnant.

Remarquez, si je poursuis ce raisonnement, le monde croule sous les prétendants parfaits pour mon cas unique d'intense laideur.

15 h 02
De toute façon, je préfère l'adage qui dit que « les opposés s'attirent ».

En toute logique, je devrais donc rendre fou d'amour Ryan Gosling.

15 h 05
Toujours sur mon lit, sauf que Flutiou est couché à l'horizontale sur ma tête. Enfin, ÉTAIT, parce qu'il est clair que je ne pouvais décemment pas écrire avec une toque vivante de graisse et de poils sur le front.

Henri, il est pas trop mal j'imagine (si on oublie l'existence de Ryan Gosling). Disons qu'il présente un bon rapport beauté/laideur qui le rend accessible. Il n'est pas trop laid, mais pas trop beau non plus.
Il m'avait donné sa photo pour mon anniversaire l'année dernière, juste avant les vacances de février, signée d'un petit cœur : il est né le même jour que moi, ça nous fait un point commun. J'avais hésité entre trouver son cadeau pathétiquement narcissique ou adorablement émouvant.

Je n'ai toujours pas tranché.

Je pensais qu'il me déclarerait sa flamme, que notre complicité natale allait nous rapprocher, mais au retour des vacances : RIEN.
N.O.T.H.I.N.G.
On n'est même pas sortis ensemble, le jour de la rentrée il est descendu du bus, il a fait un check à ses potes, a ri comme un chameau et est allé s'asseoir à l'autre bout de la cour.
C'est pour ça qu'il est naze : il ne sait pas ce qu'il veut. Et moi je ne vais pas ramper derrière un type mi-beau mi-laid pendant des mois : j'ai mes limites.

Non, j'ai envie de sortir avec quelqu'un d'adulte, et d'intelligent.

Bon… J'ai aussi un inavouable et incompréhensible crush sur Clément, en 5e B, mais il est atrocement méchant. Du genre tête à claques populaire et sadique. C'est lui qui m'a appelée « Cléopâtre tête de plâtre » et qui me traite de planche à pain à longueur de journée, ou m'encourage à « m'acheter une tête » quand il me croise. Je ne sais pas ce que je lui ai fait, à part être un spécimen d'une laideur tout à fait franche, mais il me le fait bien payer.

Et moi, comme une abrutie, je le trouve ultra sexy.
Vraiment, j'ai honte, c'est déplorable d'avoir si peu d'amour-propre.

Il est brun, avec de longs cheveux lisses, coupe à la DiCaprio jeune, il s'habille bien (et non pas en vieux jogging puant et mou), et il est deuxième de sa classe.
En fait, j'aime surtout qu'il soit fort en cours. C'est tellement mal vu au collège d'avoir de bonnes notes, que tous les caïds boutonneux veulent à tout prix être des cancres pour avoir l'air cool ou rebelles.
Tsssss...

Clément, lui, il a de super bonnes notes en rédaction, il est fort en anglais, et il a été premier de sa classe en français.
Je trouve ça démesurément sexy.

Dommage qu'il soit si débile.
Enfin, non c'est pire : il n'est pas débile, il est intelligent, mais DÉCIDE d'être une enflure. De son plein gré ! Il pourrait laisser les autres en paix, qui de toute façon ne le menacent pas : mais non ! Il écrase tout le monde, du haut de son piédestal de beauté et d'intelligence supérieure.

Il faut vraiment que je me trouve un nouveau crush.

Est-ce que ça se décide, ça ? Genre, est-ce que si je me mets à côté d'un mec en classe, des liens peuvent finir par se tisser, même s'il me dégoûte au départ ?

Ouah, non mais, QU'EST-CE QUE JE RACONTE ?!! En disant ça, je me suis rappelé l'immonde épisode Fabien (le redoublant bossu et boutonneux). J'ai dû m'asseoir à côté de lui en classe pendant un trimestre, parce qu'il n'écoutait rien et avait besoin d'être à côté de quelqu'un de sérieux. Il attendait que je regarde vers lui, il sortait un bout de son Mickey* et le posait contre la table.

*Ndlr : * organe génital mâle dont le nom m'écœure trop pour l'écrire sans mot de passe.*

Il était IGNOBLEMENT crade, obsédé et malade mental. Franchement pour être à 16 ans en 5e, faut quand même pas être une flèche.

Donc, je réponds moi-même à ma question complètement naïve : non, on ne tombe pas amoureuse de n'importe qui sous prétexte qu'on est assis à côté de lui ou d'elle en cours.

15 h 30

Heureusement dans cet océan d'énergumènes bizarroïdes et relativement débiles, j'ai ma team, mon Girl Gang préféré avec qui je passe toutes mes récrés.
Il y a :
– Chlo, la besta des bestas
– Laure
– Maria
– et Joséphine

Je refais un petit portrait de chacune :
Chlo c'est ma sœur jumelle, ma potesse indétrônable depuis que je lui ai dessiné une Pocahontas en CM2 qu'elle m'a échangée contre une photo de sa chartreuse.
C'est simple, elle est belle, elle est cool, elle est drôle et un peu tarée comme moi. Cléo et Chloé, quoi. Le duo.

Après, y a Laure. Bon Laure, je l'aime bien mais elle est… disons… c'est un peu la Hermione du groupe quoi, toujours première de la classe (ou en train d'essayer de l'être).
Elle est un peu spéciale : elle est très jolie, elle est rousse (elle se fait constamment insulter à cause de ça. J'ai jamais pigé en quoi être rousse posait problème, mais passons), elle rêve d'être chanteuse de variété française et elle est uuuuuuuuuultra compétitive en classe.
Et du genre à pas mal s'aimer. Ce qui est plutôt une chance, en vrai : forcément, moi je pars de la case « zéro amour-propre », donc quand quelqu'un s'autocongratule ça me fait toujours un peu bizarre, comme une sorte de langage codé en morse qu'on ne m'aurait jamais enseigné. S'arrêter devant chaque miroir ou regarder les copies de tout le monde pour savoir si elle a eu une meilleure note, c'est un peu saoulant à haute dose. Mais on se marre bien, quand même.

Ensuite, Joséphine… Rhaaa, ça fait bizarre d'écrire Joséphine parce qu'on ne l'appelle jamais comme ça : Joséphine, en fait, c'est Joey. Parce que dans la série *Friends*, Joey est son personnage préféré et qu'il s'appelle Joseph… Du coup Joseph, Joséphine… ça s'est assez vite imposé. Elle signe même ses copies de ce nom-là, et les profs jouent le jeu, c'est génial. Plus personne ne l'appelle par son vrai prénom depuis la 6e. Sauf évidemment Mme Degas, qui articule avec toute la perversité et le sadisme dont elle est capable de longs et rauques : « Mademoiseeeeelle Jooooséphiiiiiine, au tableau ». Alors que, bon, Joey c'est tout sauf une demoiselle. C'est un bonhomme, un petit gars, un lutin ou un petit alien venu d'une autre planète : elle a des yeux bleu glacier et des cheveux blonds blancs, mais elle joue au foot avec les gars à la pause de midi, elle rote (mais pas aussi bien que moi) elle ne porte jamais l'ombre d'un vêtement dessiné pour les filles et elle

rêve d'être pilote d'avion de chasse (or, elle est myope depuis la puberté, ce qui compromet malheureusement ses rêves les plus fous. Du coup, elle a changé de plan, et maintenant elle veut devenir militaire).
Bref, Joey c'est un peu la chouchoute : elle dérange personne, elle fait pas de vagues, elle est toujours de bonne humeur, les gars l'aiment bien (même la team de Clément, c'est dire !!!) et avec nous elle est toujours sympa.

Et puis, il y a Maria. C'est la timide/à l'ouest du groupe. Elle a des cheveux sombres et très épais qui viennent en lourd rideau noir sur ses yeux. Elle est d'une timidité maladive et parle très TRÈS peu et TRÈS TRÈS doucement.
Pourtant, elle est dingue.
Mais c'est comme si sa personnalité était carrément double. À l'intérieur, elle est cette espèce de petit génie en combi à paillettes qui raconte des blagues et écoute du rap ; mais à l'extérieur, elle est cette fille méga gauche dont la voix ne porte jamais, au corps tout maigre, qui murmure des mots à peine audibles quand on s'adresse à elle et qui se tient toujours voûtée, comme si sa présence dérangeait.

Laure, Maria et Joey sont copines depuis le CE2, et elles habitent toutes à côté les unes des autres. Et toutes les cinq, on a monté un super-projet (enfin, disons que Chlo et moi on a réussi à embrigader toute la bande à grand coup d'offrandes de Schoko-bons et d'Oreo) : on va réaliser notre propre film d'horreur !!!

Chlo et moi, on est les scénaristes, et c'est un immense rêve qui se réalise pour toutes : moi, j'adore écrire – au cas où ça ne se verrait pas –, Chlo est passionnée de séries télé et d'enquêtes policières, Laure adore être au centre de l'attention, Joey fait

du théâtre depuis le CE2 et Maria… Maria en a besoin pour se dérider un peu.
Ce film, on l'a appelé *Vengeance,* et c'est Joey l'héroïne : Chloé joue sa meilleure amie qui résout l'énigme, Laure une copine qui se fait tuer dans une baignoire, Maria une autre qui se fait zigouiller dans le garage, et moi je suis…

LA TUEUSE.

Mouhahahahahaha !
(L'effet dramatique est bien, hein ?)

Je joue la cousine jalouse de Joey qui vient massacrer ses meilleures amies et son mec pour la faire souffrir, par simple plaisir sadique parce que Joey était la préférée de la famille et avait tout eu à sa place.
Du coup, pendant les récrés on répète nos scènes apprises par cœur la veille au soir, sous l'œil SO JUDGMENTAL de quelques énergumènes dépourvus d'imagination et de créativité.

Qu'est-ce qu'il y a de bizarre à courir derrière sa copine dans la cour de récré avec un couteau imaginaire en criant : « JE VAIS TE DÉPECER VIVANTE ESPÈCE DE TRAÎTRESSE » ?

Les collégiens manquent vraiment d'ouverture d'esprit.

Bref : je tape le scénario à l'ordinateur chez moi après les cours, et j'essaie d'imprimer les pages au CDI parce que quand je le fais à la maison et que Maman tombe dessus, elle pousse des cris d'horreur et pense que j'ai viré gothique/sociopathe. J'essaie de lui expliquer que le film d'horreur est un genre comme un autre et qu'il sert à exorciser (haha) nos peurs en leur donnant vie. Or tout ce qu'elle trouve à dire, c'est :

– Mais ça va pas bien la tête, tu vas faire des cauchemars avec ces bêtises ! Où est-ce que tu es allée chercher un truc pareil ??

Il faut dire qu'on enchaîne les films d'horreur avec Chlo depuis des années. Enfin, « ON »...
Disons qu'elle est à côté de moi mais les yeux derrière ses mains/un coussin/l'un de ses sept chats et que JE regarde, puis que JE dois tout lui raconter à la fin du film.
Mais c'est notre tradition depuis deux ans, à Halloween on fait une grosse soirée bonbons-films et on en regarde deux à la suite. Et récemment on s'est mises à *American Horror Story*, *True Detective* et *Scream Queens*. Du coup, on est plutôt calées niveau idées d'atrocités à faire subir à nos héroïnes.

On a proposé aux mecs de la classe de jouer dans notre film, mais tout ce qu'on a récolté c'était des « pffff un film de MEUFS ! Laisse tomber ! », alors que la plupart n'osent même pas regarder le making of de *The Walking Dead* (l'année dernière à une soirée chez Liang en fin d'année, ils ont tous déguerpi du salon quand on a proposé de lancer le pilote).

TROU-ILLARDS.

Dimanche 28 août

15 h 23
Dans ma chambre

Maman crie du salon :
– Cléopâtre ! Téléphone !

Han ! Joie !
Je prends le combiné, et c'est Chlo, mon dindon d'amour. YES !!!

Maman : Tu ne restes pas longtemps, hein, je te rappelle que tu es punie.
Moi : Mais c'est pas moi qui appelle !
Maman : Dix minutes top chrono.
Moi : Mais Mamaaaaaan !
Maman : Je commence le décompte !

Je cours dans ma chambre avec le téléphone.

Moi : (essoufflée, à Chloé) Sortez-moi de làààààà je suis en TAULE !
Chlo : Mouhahaha ! Ma pauvre. Mais à part ça, ça va, mon gros chat ?
Moi : Ouiii. Mais je sais pas pourquoi, ça me stresse grave la rentrée.
Chlo : Pareil. Pas envie de revoir ces têtes de rats.
Moi : Pffff… moi non plus. Ils ne m'ont pas manqué. Mais bon, t'imagine s'il y a des nouveaux cette année ? Des gens qui ignorent tout de notre passé, de notre réputation, et qui seront NEUTRES ?

Chlo : Faudrait trouver un moyen de les éloigner de la bande à Clément, avant qu'ils ne se fassent bourrer le crâne.
Moi : …

Quand elle a dit Clément mon cœur s'est un peu serré.

Chlo : Tu dis rien ?
Moi : Non mais je… j'attends que tu parles, je pensais que t'avais pas fini.
Chlo : J'ai dit Clément, et il y a eu un silence. J'suis pas folle, je sais reconnaître les silences.
Moi : Je… C… C'est… C'est à cause de Flutiou.

Je ne sais pas pourquoi j'ai dit ça. Il a levé la tête en entendant son prénom.

Chlo (perplexe) : … Flutiou, donc.
Moi : Oui, il… Il… J'ai cru qu'il allait pisser sur mon tapis. Du coup, j'étais concentrée à le fixer, ça m'a fait perdre le fil.
Chlo : Flutiou n'a jamais pissé sur ton tapis.
Moi : Il y a une première à tout.
Chlo : Je croyais que c'était un chat, je cite : « ultra propre et bien élevé pour un chat sauvage, qui ne fait jamais une bêtise et respecte les règles sans broncher ». Tu le rabâchais, il y a même pas trois jours.
Moi : OUI BON, ne changeons pas de sujet. Je disais que… que s'il y avait des nouveaux à la rentrée, ce serait cool.
Chlo : Ouais, et potentiellement un garçon assez intéressant et beau pour te faire oublier cette tache de Clément.
Moi (ce n'est pas une TACHE, d'abord) : … Mmffrgg… Ouais, haha, quel nul celui-là !
Chlo : Tu l'aimes encore ?
Moi : À en mourir.

Silence.

Chlo : Dois-je te rappeler qu'il t'a craché dessus dans le bus, l'année dernière ?
Moi : Oui, mais il a dit « pardon ».
Chlo : À quoi bon dire pardon quand on crache sur les gens ? Mieux vaut ne pas cracher, plutôt que de le faire et s'excuser ensuite. C'est comme dire pardon après avoir foutu une beigne à quelqu'un. Ça n'a pas de sens. « Bonjour, Madame Rambucheau ! » ZBAAAH !!!! « Oh, pardon, Madame Rambucheau. Bonne journée ! » Non mais tu visualises ou pas ?
Moi : Peut-être qu'il ne me visait pas.
Chlo : Avant de cracher, il a crié : « Dans ta gueule, tête de plâtre ».
Moi : Il pouvait tout aussi bien s'adresser à Adeline, deux sièges devant moi, qui met beaucoup de fond de teint et qui, sans vouloir la juger, se « plâtre » un peu trop la figure, et…
Chlo : Cléo ?…
Moi : …
Chlo : …
Moi : … Je sais. J'ai besoin d'aide. Au secours.

Va vraiment falloir que quelqu'un débarque pour me donner quelque chose à me mettre sous la dent, quelque chose d'autre que cet énergumène sublime mais absolument sans cœur. Parce que pour le moment je n'arrête pas de penser à lui, mais quand j'essaie de l'oublier je me mets à le comparer aux bestiaux acnéiques de ma classe, et il regagne tous les points d'un coup.
J'allais m'ouvrir à Chlo et lui demander comment faire pour l'oublier quand, d'un coup, ça a coupé.

Moi : Allô ?…

Là, j'ai entendu Maman hurler du salon :

– Ding ! Dix minutes !

NAN MAIS ???

Elle a D.É.B.R.A.N.C.H.É LE TÉLÉPHONE !!!!!!!!

Ok. Donc, NON SEULEMENT ma mère est une tortionnaire sans âme qui me prive de tous mes droits et libertés, MAIS EN PLUS Flutiou vient de me péter au visage. Sérieusement, j'ai cru mourir par arme chimique.

Vous avez dit persécution ? Si même mon chat s'y met, je peux faire mes valises. Cette baraque veut ma mort.

15 h 33

Au secours, je de beu blu resbirer bar le dez.

15 h 34

Il a les oreilles baissées, et ses yeux qui regardent par en dessous ont l'air de me dire :

« T'avais qu'à pas m'accuser à tort d'un crime que je n'ai jamais commis juste pour cacher À TA MEILLEURE AMIE ton amour ridicule pour un garçon complètement naze. »

15 h 35

« En plus, il est bien trop beau pour toi, j'te signale. »

15 h 36

« Il est genre, un peu moi, mais en humain. Ce qui est clairement hors de ta portée. Moi, je suis un chat, donc je peux rien dire, j'me laisse caresser pour avoir trois, quatre croquettes, je fais la bonne patte. Mais lui, lui tu ne peux PAS le forcer à te faire des câlins, et le nourrir avec des aliments déshydratés au poulet pour obtenir son amour. »

TAIS-TOI, FLUTIOU !

15 h 40

J'annonce que je ne dispose pas de la santé mentale ni du niveau émotionnel requis pour réintégrer le collège dans cinq jours.

Chapitre 2

Septembre

Retour en terrain miné

Jeudi 1er septembre

RENTRÉE EN 4e !!

7 h 10

Devant la porte d'entrée, prête à partir

Super.
J'ai mes règles.

Mon corps, ce débile, s'est dit « Hey ! si je faisais une petite blagounette de rentrée ? »

Et comme ÉVIDEMMENT je n'avais plus de serviettes hygiéniques, Maman a monté l'escalier comme une furie pour fouiller ses tiroirs à la recherche de la patte-à-fesses sacrée qui me sauvera la vie.

Le bus scolaire passe dans 8 minutes.

Je suis à deux doigts de faire une crise de nerfs (et j'ai taché ma culotte préférée, celle avec une licorne zombie, ce qui ne PEUT PAS être un bon présage).

7 h 14

Maman (essoufflée en courant dans les escaliers, serviette hygiénique spéciale nuit de douze mètres de long avec le logo « flux abondants » dans les mains) : Tiens !

Je jette la péniche en coton au fond de mon sac, pas le temps de la mettre maintenant : on n'a plus que 4 minutes pour aller à l'arrêt de bus.
Quand je m'apprête à sortir de la voiture, Maman me crie :

– Tu feras bien attention à te mettre dans la partie AVANT du bus double, hein Cléo ! Parce que, si la partie arrière se décroche, il vaut mieux être dans celle dirigée par le moteur, d'accord ?!

Le pire, c'est qu'elle est sérieuse.
Comme si je n'avais pas déjà ASSEZ DE CHOSES STRESSANTES À GÉRER, il faut maintenant que je considère l'éventualité de mourir sur la route d'un décrochage d'accordéon de bus scolaire ???

18 h 00
Pire rentrée du monde.

J'aurais préféré que le bus se décroche, tiens.

Résumé de cette journée de l'horreur :

1. J'ai évidemment raté ce ptjfggkjhgfdghjufffrtrtttr de bus et me suis retrouvée à le courser en voiture avec Maman pendant trois arrêts, puis à finalement monter dedans après deux sprints ratés dont tout l'arrière du bus a pu profiter en riant. La course gracile et tonique n'étant pas mon fort, j'ai juste eu l'impression d'être une grande autruche pataude courant à grandes enjambées disgracieuses au milieu de la savane, scrutée par une horde de macaques moqueurs.

Chloé était assise à notre place habituelle, bien désolée pour moi en me voyant monter sous les huées et les rires. Sur mon passage, Clément a gueulé du fond du bus :

– Aaaah, c'est le retour des thons ! T'as bien couru, tête de plâtre ?
Et tout l'arrière du bus a ri.
#décèsSocial

2. Après ce sprint, j'ai évidemment transpiré comme un veau (ça transpire, les veaux ?), et taché mon joli T-shirt bleu ciel de deux laaaaarges auréoles sous les aisselles. Obligée de garder ma veste malgré les 28 degrés affichés tout l'après-midi, veste qui n'allait de surcroît pas du tout avec mon pantalon et que Maman m'avait forcée à mettre en partant ce matin.

3. Nous avons eu le plaisir de découvrir que Mme Degas serait notre prof de géo ET prof principale cette année, femme détestable qui n'a malheureusement rien à voir avec le peintre impressionniste – si ce n'est qu'ils ont dû tous les deux naître en 1834 (oui j'ai googlé la date) –, qui est vieille, sèche, méchante et terriblement effrayante. Elle m'a empêchée de m'asseoir à côté de Chloé DIRECT. Je me suis retrouvée à côté de Liang qui, au lieu de s'agrafer les genoux cette année, s'est mis en tête de se faire un tatouage avec la mine de son compas trempé dans ses cartouches d'encre. Au moins, il ne me parle pas, contrairement à Fabien l'année dernière.
Beurk.
Frissons de dégoût.

4. Il y a un nouveau dans la classe, Thomas, mais il est totalement inintéressant : il ne parle jamais, il est au premier rang, et ses cheveux sont bizarres, genre… gras.

5. Je suis encore folle amoureuse de Clément, malgré son acharnement à m'humilier, ce qui prouve que je suis un être dépourvu d'intelligence et que je mourrai probablement seule, délaissée de tous (sauf de Flutiou).

Ma vie est ATROCEMENT NULLE.
Je ne veux jamais remettre les pieds dans cet enfer nommé collège.

18 h 23
Je pensais avoir une petite émotion en recroisant Henri, mais franchement, le néant. Les garçons ne nous ont même pas dit bonjour. Ils sont allés direct voir Thomas, et je crois qu'il s'est un peu fait charrier. Bienvenue dans mon monde, mec.

18 h 24
Pfffou, une journée seulement et je suis déjà déprimée.

Heureusement que mon Dindon est là.
Et les filles aussi. Enfin, à vrai dire Laure commence déjà à me fatiguer : elle nous a parlé de son club d'équitation pendant cent quarante ans, et de « à quel point elle a pris des seins cet été », de « comme sa mère a dû lui acheter du 85B parce que ses anciens soutifs ne lui allaient plus ».

– Nan mais du B, quoi ! Trop fou quoi !

Fin de citation.
Après, elle a enchaîné sur l'après-midi qu'elle a passé avec sa grande sœur chez l'esthéticienne à se faire épiler les jambes, à nous clamer fièrement que « ça fait trop mal, mais c'est trop beau après, c'est tout doux ». Pââââârssionaaannt.
J'ai tiré un peu sur mon jean pour cacher mes vieux mollets rêches de singe.

Mais qu'est-ce qu'on s'en fouuuuuuut de sa vie, sérieusement !? Est-ce que je lui parle de mes poils sur les seins, moi ? NON.

18 h 25
(Non, parce que j'en mourrais de honte. PERSONNE NE DOIT SAVOIR.)

18 h 26
Comment savoir si je suis la seule du groupe à posséder la crinière de mamelon, sans pour autant confesser mon handicap ?

18 h 27
Bref, donc Laure était en délire constant sur ses seins et ses jambes toutes douces, ou alors sur le cheval qu'elle a peigné pendant trois mois.
Tu parles d'un récit trépidant.

Elle était À FOND pour se proposer déléguée de classe aujourd'hui, et a demandé à la prof principale si on pouvait organiser des élections la semaine prochaine.

Le premier jour.

Je veux dire, franchement ?

Quand elle a demandé à toute la classe, debout et autoritaire devant sa chaise, de lever la main s'ils étaient d'accord, je ne l'ai pas fait parce que j'avais peur d'avoir des auréoles sur ma veste.
Ce qui, à mon sens, est une vraie raison valable, et si elle était vraiment mon amie, elle ne m'aurait pas fait un FOIN à la récré pour me reprocher de ne pas la soutenir.
À mon argument, elle a répondu : « Je sais pas, vu que moi, je ne transpire jamais. »
RhaâââAAaaaa. ÉNERVANTE.

Note de la journée : 02/20

Vendredi 2 septembre

Thomas était tout seul à la récré aujourd'hui. Les gars de la classe ne l'ont pas encore officiellement intégré dans leur bande, et on dirait qu'il s'en fout. Il écoute de la musique et écrit dans un carnet.
Ça n'a même pas l'air de le gêner…

BIZARRE CE MEC.
(Bizarre un peu cool.)

Samedi 3 septembre

Premier week-end de l'année scolaire chez Papa, depuis les grandes vacances.

Aaaaah, Papa.
Je ne vous l'ai pas encore présenté.
Les week-ends là-bas, c'est carrément autre chose que chez Maman.
Déjà, Papa est au chômage depuis plus de cinq ans.
Il a voulu monter son propre magazine d'art et de société y a six, sept ans, et au début ça marchait du tonnerre : mais quand ça a commencé à flancher, il avait flambé tout son argent et il s'est retrouvé sérieusement dans le pétrin.
Du coup, il a vendu plein de trucs, comme sa voiture (il a acheté un scooter d'occasion à la place, mais Maman refuse qu'on monte dessus, elle est trop parano-flippée-tarée). Jusqu'à midi, tous les jours, il vit en peignoir marron avec une tasse de café et, pour Noël, il nous offre des cadeaux d'occasion qu'il a achetés sur Amazon ou Price Minister, et qui sont toujours tout cornés ou défraîchis.

Le samedi midi, on est toutes seules avec lui, alors c'est pizza ou pâtes bolognaise/gruyère. Et le dimanche, par contre, Nini, notre grand-mère, arrive, et c'est elle qui prend les commandes. En tout cas, les commandes culinaires : elle apporte toujours du gratin dauphinois fait maison et un crumble aux pommes avec de la crème fraîche d'Isigny, sa ville natale. Je précise ce détail follement intéressant parce qu'elle nous le ressort chaaaaque dimanche, en boucle, sans exception.
Elle vivait en Normandie, puis elle a rencontré notre grand-père, George (prononcé « Djordge », avec l'accent),

un british pur-sang qui passait par là et cherchait une correspondante française. Un voyage de noces sur le *Queen Mary* plus tard, et hop : notre géniteur était né, à Brighton, en Angleterre.
Et Nini adoooOOOOooore son unique fils.

Elle l'adore tellement qu'en plus de nous nourrir à sa place, elle lui fait aussi la vaisselle, le ménage, et elle rapporte le linge qu'elle lui a lavé pendant la semaine.
Oui, car notre papa, à 48 ans, préfère s'acheter le dernier iPhone 8 et la Apple Watch en crédit sur deux ans plutôt qu'une machine à laver. Du coup, parfois il oublie de laver nos draps, et on se retrouve coincées avec des housses de couettes qui puent le fennec pendant tout le week-end.

De manière générale, quand on va chez Papa, faut pas être trop flippée de l'odeur. Le frigo sent le camembert (sa passion), les WC je n'y respire même pas par le nez tant l'aspect visuel donne déjà un haut-le-cœur, et le trou du lavabo de la salle de bain sent toujours la poubelle. (C'était peut-être prémonitoire quand Chaco lisait *Gros qui pue.* En fait, c'est un biopic de notre père ! Hahahaha !)
Un jour, j'ai trouvé un restant de Coco Pops dans une boîte au fond des placards de la cuisine. J'en ai mangé, ravie, avant de réaliser que c'était des crottes de souris.

Bon, l'avantage, quand on est chez Papa, c'est qu'il passe ses journées enfermé dans son bureau, à fumer devant son ordi et écouter de la musique. Du coup, on a le droit de regarder la télé pendant des heures sans se faire engueuler (en plus, il a Netflix !).
Alors certes, on pue la clope en rentrant et ça rend dingue Maman qui nous déshabille illico et fout tout à la machine,

mais au moins on fait ce qu'on veut les aprèm et on ne copie pas six cent fois : « je range les fourchettes à leur place dans le tiroir à couverts ».

En gros, Papa c'est un peu le jumeau diabolique de Maman : il est aussi laxiste qu'elle est sévère, et son appart est aussi chaotique et crade que la maison de Maman est organisée et étincelante.
Dans le fond, ils s'équilibrent plutôt bien.

La question est : comment ont-ils pu se supporter dix ans ET se reproduire deux fois ?
Les mystères de l'amour…

En tout cas, depuis le divorce, Papa est seul, la plupart du temps. Enfin, « officiellement » seul. Disons qu'on ne voit passer personne de concret, mais parfois y a des chouchous non identifiés dans la salle de bain. (Oui, j'ai bien écrit des CHOUCHOUS. Pas des élastiques ou des barrettes : des chouchous. C'est vous dire l'âge potentiel des spécimens…)

Sauf l'année dernière en mars, où il nous a fait la surprise de nous ramener Anita.

Je dis : ramener, parce que littéralement, il est parti en voyage en Hongrie et nous a ramené une jeune Slave de 30 ans, qui ne parlait même pas français. Je ne sais pas si c'était un élan de romantisme naïf, ou juste… glauque.

Enfin, elle était plutôt cool Anita, je l'aimais bien : elle portait des capes en laine violettes ou bleu électrique, avec des cols en fourrure. Elle sentait toujours bon, elle avait les cheveux jaunes/blancs comme la reine des neiges (d'ailleurs,

maintenant que j'y pense, elle avait clairement un côté Elsa), et elle était toujours souriante.
C'est juste que…
Pour communiquer, c'était complexe. Je m'en sortais avec un peu d'anglais :

Anita : Good morrrning (elle roulait les « r »).
Moi : Good morning, Anita !
Anita : Good day ? Want go shopping ?

Par contre, Chaco était larguée, à 6 ans elle ne parlait pas encore bien anglais, malgré notre patronyme anglo-saxon (qui n'a aucun poids véritable parce que le pater n'a jamais daigné nous transmettre réellement la connaissance de sa langue natale).

La romance paternelle exotique a duré environ trois mois, à grands coups d'allers-retours en Hongrie et d'échanges téléphoniques mélodramatiques, jusqu'à ce que Papa réalise que le seul moyen pour Anita de rester en France serait de se marier.
« Anita good bye. »
Fin du chapitre potentielle-belle-mère-de-l'Est.
Dommage, j'aurais rêvé d'aller à Budapest.

Et ses capes étaient vraiment cool.

Ah oui, et différence DE TAILLE à noter chez Papa : je dors dans la même chambre que Jacobin.
Ce qui est moins pire que les premiers mois après le divorce, quand Papa n'avait pas encore acheté de lits superposés et que je dormais sur le canapé dans le salon à côté de l'alcôve de sa chambre, et qu'il RONFLAIT à en décoller le papier peint.

La chambre partagée avec sa cadette, niveau intimité, c'est pas la joie. Je prends bien volontiers part à quelques discussions avec Phofokeufeu et Cyril (un lémurien en peluche), mais quand je dois réviser, faire mes devoirs ou, beaucoup plus important, téléphoner à Chloé, ça devient gênant d'avoir ma frangine dans les pattes.
MAIS, Papa a les appels illimités vers fixe et portable : dooooonc, l'un dans l'autre... Au moins, là-bas, même si c'est en supportant Athéna qui babille des trucs incompréhensibles avec ses phoques en peluche dans mon dos, j'ai le droit d'appeler mon Dindon autant de temps que je veux. Je vous dis, c'est tout l'inverse de chez Maman.

Et c'est un week-end sur deux.

11 h 30
SMS de Chlo :

Alors, t'en penses koi 2 Thomas ?

Le mot qui me viendrait immédiatement serait insignifiant.

Il a un peu une tête de belette j'trouve.

Clairement. On dirait TROP qu'il a un museau, genre un peu comme un loir, ou… un rat fruitier.

Cléo et ses références animalières
que personne ne pige…

Il faut absolument lui trouver un surnom.

Nldr : il faut savoir qu'avec le Dindon, on détermine

TOUJOURS un surnom pour chaque nouvel individu potentiellement sujet à débats et discussions secrètes.

… Museau ? propose Chlo.

Vendu !

Je ferai donc mention de Thomas dans ce journal sous le pseudonyme de Museau, dorénavant.
C'est plus sûr.

12 h 30
Papa écoute *Get Lucky* des Daft Punk à fond dans l'appartement.
Et il fait une petite choré en peignoir, en chantant :
« I'm up all night to get LUCKY »

LA GÊNE ABSOLUE.

« Dèneup onaïte dèdèdleuki », enchaîne ma sœur, en faisant danser Phophokeufeu et Cyril (le lémurien en peluche, donc).
Deux jours à tenir dans 50 m^2 avec ces deux individus portant mes gènes mais glissant dangereusement du côté obscur-taré de notre ADN.

12 h 45
SMS de Maman :

Vérifie que ta sœur fait bien caca.

Quand tu pensais avoir touché le fond, mais qu'en fait : non.

Dimanche 4 septembre

JE.N'AI.RIEN.À.RACONTER.
MA.VIE.EST.NULLE.

Mercredi 7 septembre

18 h 00
Eh ben, génial !
À peine une semaine depuis la rentrée, et je vis déjà un drame émotionnel.

Aujourd'hui, au collège, Henri nous a parlé de Gladys.

GLADYS, ce nom moche de pub de fromage au lait de brebis, est celui que porte, tenez-vous bien : son « amour d'été ».
Je vous demande pardon ?

Henri ?

Un amour d'été ?

Ce même gus qui m'offrait sa photo signée d'un cœur pour mon, que dis-je, pour NOTRE anniversaire aux vacances de février l'année dernière, ce même gus qui porte des pantalons trop courts et des pulls avec des bouloches tout râpés, se paie le luxe de se dégoter des amours de vacances ?
Et en Grèce, en plus. Quel cliché. Enfin, pardon mais, ne faisant pas grec troisième langue, vous pouvez me dire comment il faisait pour communiquer avec elle ? C'est quoi qu'il cherche, une potiche qui mange des toasts à l'huile d'olive en le regardant dans le blanc des yeux, pendant qu'il remet sa crème solaire indice 90 ?
« On n'avait même pas besoin de parler, si tu vois c'que j'veux dire », qu'il se vantait auprès de ses macaques de potes.

Pour la romance, on repassera.

Donc, pendant qu'il se la coulait douce à bécoter sa Gladys sur un perron de maisonnette blanche couverte de bougainvilliers fuchsia au bord de la mer scintillante et sous le chant des cigales, moi, j'étais en périple à Plouarzel en Bretagne avec ma mère, Jean-Mi et Athéna, en mode baroudeur avec chaussures de rando et K-way, sous la pluie, à bouffer des galettes au sarrasin et des bolées de cidre avec option cheveux qui moussent sous le crachin.

Quand est-ce que moi aussi, je vivrai des choses romantiques ?

Quand on part en vacances avec Maman, on va toujours dans des bleds paumés, où la mer est gelée et où il n'y a pas un seul pelé de moins de 40 ans parce que, je vous le donne en mille : il n'y a RIEN à faire à part visiter des chapelles en vieilles pierres et des jardins botaniques.

La dernière fois, à Plougastel, on dînait dans restaurant super chicos, le genre d'endroit où le plateau de fruits de mer est servi avec un rince-doigts MAISON dans un bol en porcelaine, et pas une petite serviette collante emballée dans du plastique, voyez ? Rince-doigts que j'ai d'ailleurs pris pour une sauce et versé allègrement sur mes moules marinière PILE devant le serveur hilare, mais ça c'est une autre histoire à ajouter à la loooongue liste de mes motifs de suicide pour honte sociale majeure.
Bref, à un moment, une dame âgée s'est levée de sa chaise juste derrière Jean-Mi en la faisant un peu racler sur le sol. Et là, d'un coup, Jean-Mi s'est retourné vers elle et sur un ton ultra autoritaire lui a ordonné :

« T'arrêtes de péter ! »

Après quoi il est parti en fou rire, la mother avec. La pauvre mamie ne savait plus où se mettre, et moi non plus.

Voilà, c'est ÇA, le quotidien de mes vacances.

Moi, je n'ai pas de Gladys à qui me gluter en toute liberté pendant des semaines au soleil pour ensuite m'en vanter au collège.
Moi, j'ai la visite de l'île aux macareux moines en bateau (oui, bon, mauvais exemple, ça c'était trop cool) et les abbayes en ruine en visite guidée avec les cars de touristes allemands.

Ce n'est pas que je sois jalouse de Gladys : Henri est finalement bien naze.
Je suis jalouse de la vie d'Henri.
Il n'est pas franchement canon, il a mon âge, mon collège, mon signe astral, il vit à quelques kilomètres de chez moi, mais LUI, il vit des histoires romantiques pendant ses vacances alors que moi j'aide Maman à terminer ses Sudoku et dois rester avec Athéna sous le parasol à la plage quand ils vont se baigner.

Il n'y a pas de justice.

Samedi 10 septembre

12 h 00
Trop biiiiiEEeeeeen, j'ai acheté du faux sang en ville today ! On en a besoin pour notre film, et le ketchup mélangé au jus de grenade bio de Maman ne nous suffisait plus.
Il nous faut du matériel de PRO.

12 h 45
Faux sang testé et approuvé.
Je suis encore privée d'ordinateur, de télé et de portable pendant une semaine, mais ÇA VALAIT VRAIMENT LE COUP.
J'ai débarqué dans la cuisine en me tenant le doigt que j'avais enduit de ma mixture magique, en disant que je m'étais coupée en faisant du bricolage dans ma chambre. J'ai même pas eu le temps de concocter un mensonge crédible, que la madre hurlait déjà : « HOLALALALALALAAAA !!!!! » Elle est devenue blanche comme un Kiri (elle ne supporte pas la vue du sang) et elle a immédiatement appelé Jean-Mi à la rescousse, notre médecin à domicile préféré.

– MOUCHE !!! (oui, elle l'appelle « Mouche », aucune raison valable à cela, passons sur ce détail humiliant) Elle s'est COUPÉE, ELLE S'EST COUPÉE VIIIIIIITE !!

Mouche, ou plutôt Jean-Mi, était dans le jardin en train d'aligner les plans de courgettes et de planter des radis.

– Qu'est-ce qu'il y a ?
– MONTE TOUT DE SUITE, VITE VITE VITE, CLÉO EST BLESSÉE HAAAAAA !!!!

Ma mère et la gestion du stress, toujours un grand moment d'inspiration.
Quand Jean-Mi a vu que mon doigt était intact et que j'ai balancé, hilare : « MAIS NOOON, c'est une blaaaague !! », il s'est mis à rire et maman est passée du blanc au rouge vif.

Le seul défaut de ce faux sang est qu'il tache affreusement. Impossible de m'en débarrasser. Je suis donc bannie dans ma chambre jusqu'au repas, avec 50 lignes à recopier, pas de portable et les mains orange façon chips au paprika.

MAIS LA TÊTE DE MAMAN !
HAHAHAHAHAHAHAHAHAHAHAHA !!!!

14 h 00
Au déjeuner :

Maman : Cléo, je te signale que ce genre de blagues est VRAIMENT de très mauvais goût.
Moi : Oui, je sais.
Maman : Si un jour il t'arrive quelque chose, on ne saura pas si tu plaisantes ou si tu es réellement en danger. C'est complètement idiot !
Moi : Oui, je sais, je me rappelle du conte de la chèvre de monsieur Seguin qui crie au loup pour de faux et qui finit par se faire croquer : j'ai bien compris la leçon, il ne faut pas rigoler avec le danger. Ça m'avait traumatisée. D'ailleurs merci, hein, depuis j'ai la phobie des loups, Maman.
Jean-Mi : Mais attends… la chèvre de monsieur Seguin, elle ne crie pas au loup ! Je crois qu'elle est juste en quête de liberté, et qu'elle fugue de son étable pour aller explorer le monde…
Moi : Ah bon ? Mince, bah alors, c'est quelle chèvre qui crie au loup ?

Jean-Mi : Mmhhh… Ce ne serait pas dans *Pierre et le Loup* ?
Moi : Brrrr, rien que d'y penser, j'ai des frissons. Avec le basson, là, aaah horrible. J'étais terrorisée quand Maman me mettait le CD, j'osais même pas me lever de mon lit pour l'éteindre tellement j'avais peur. Non, mais c'est pas dans *Pierre et le Loup*, je me souviens vraiment que c'était une chèvre, pas un humain : elle arrêtait pas de crier au loup pour rire, et justement après…
Maman : BON, CLÉO, tu permets qu'on recentre le débat, là ? Chèvre ou pas chèvre, tu as eu un comportement PUÉRIL, et je ne suis vraiment pas fière de toi.
Chaco : C'est quoi puer rile ? Cléo, elle pue ?
Maman : Mange ton boulgour, toi.
Moi : Pour ma défense, je tiens quand même à préciser que ma tendance aux blagues lourdes m'a été transmise génétiquement.
Maman : Tu plaisantes ou quoi ! Je n'ai JAMAIS fait ce genre de blagues stupides.
Moi : Ben non, forcément, toi tu ne fais JAMAIS de blagues tout court.
Maman : Cléooo, tu vas aggraver ton cas, je te préviens.
Moi : Non, je parlais de Papilou !
Maman : Ben quoi, Papilou ?
Moi : C'est lui qui m'a appris les meilleures blagues ! La dernière fois que je suis allée chez Papilou et Mamilou pour le goûter, il avait collé des fausses mouches sur le sucre.

Athéna s'est marrée. Jean-Mi, lui, retenait tant bien que mal un fou rire, par solidarité avec Maman.

Maman : OUI, eh ben ON NE FAIT PAS CE GENRE DE BLAGUES QUAND ON A 13 ANS !! Mon père, lui, il a vécu, il a fait la guerre, il a travaillé toute sa vie pour nourrir sa famille, il a le droit d'en rire : TOI, NON.

Moi : Là, tu parles juste du faux sang, ou ça inclut aussi les fausses mouches ?...
Maman : FILE DANS TA CHAMBRE ! TU ME FATIGUES !!!

Je ne suis pas sûre, mais il me semble que le régime maternel s'apparente de plus en plus à une dictature. Je ne peux jamais exprimer une opinion différente de la sienne, c'est presque de la maltraitance.

Dimanche 11 septembre

18 h 00

J'ai raconté ma blague à Papilou au téléphone, et :
1) il a éclaté de rire et m'a félicitée,
2) il m'a raconté que lui, quand il était à l'armée, il attendait que ses camarades s'endorment et leur trempait le petit doigt dans l'eau pour leur faire faire pipi au lit.

#lesbonnesidéesdePapilou
#maVRAIEfamille
#humourGrandPaternel

Jeudi 15 septembre

22 h 05
HAN !!!
BIG NEWS.

Il y a un NOUVEAU nouveau dans notre classe depuis lundi !
Oh my God.
OH. MY. GOD.

Je l'annonce d'emblée, comme ça c'est fait, et on se concentre sur autre chose (ou pas) : il est sublime.
Quand je dis sublime, c'est sublime, genre comme dans les séries. Sublime genre je pense que ma tête est passée du blanc au rouge cramoisi quand j'ai croisé son regard.
Il s'appelle Aurélien Santoni, mais tout le monde l'appelle déjà Santoni, ou Toni.
SaaannNNntôÔÔniiiii.
Avé l'accent italiaaano.

Penser à Toni, c'est comme marcher sur un parterre de fleurs de guimauves et de barbapapa, sur le dos d'une licorne rose layette en sirotant un jus d'arc en ciel.
IL EST SI BEAU !

Il est arrivé légèrement en retard dans notre collège parce qu'il a un parcours un peu particulier : il a redoublé deux fois (donc il a QUINZE ans !!) et il est en foyer pour adolescents. Ça veut dire qu'il ne vit pas avec ses parents. C'est tellement triste !!!
Il a été viré de beaucoup d'écoles, mais comme son cas est un peu spécial, il a été admis ici, genre en « dernière chance »

avant un centre de redressement ou un truc du genre. Dit comme ça, ça fait brigand, mais en fait il est si gentil !!! Il est cool avec tout le monde, il fait des blagues… On n'irait pas imaginer une seconde qu'il fait des conneries.
La prof nous a demandé d'être sympas avec lui, ce qui est typiquement le genre de moment ultra gênant qui aurait rendu n'importe qui ridicule.
Mais pas Toni.
Lui, il était là, dans sa dégaine à la cool, souriant mais pas bêtement, il a dit merci à la prof et est allé s'asseoir le plus naturellement du monde à sa table, puis il est allé directement traîner avec les redoublants et les 4e B à la récré.

Toni

Toni

Toooniiiiii.

22 h 15
Cléopâtre Santoni.

Punaise, ce prénom ne va décidément avec rien.

Aurélien Wellington ?…
Rhaaa, lui, ça lui va bien.
Tout lui va, c'est fou.

22 h 30
Maman *(en débarquant dans ma chambre par surprise)* : DIS DONC, t'es encore réveillée à cette heure-là, toi ? Tu m'éteins cette lumière tout de suite, y a école demain !

#PrisonBreak
#SOSenfantsmaltraités
#CrazyMother
#jmenfous
#Iminlove
#hatedallerencoursdemain

Vendredi 16 septembre

15 h 00
Au collège, pendant l'étude

Toni est toujours aussi beau. Aujourd'hui en physique, il m'a demandé de lui prêter ma calculette, j'ai cru que j'allais m'évanouir.

Cléo ressemble à un merlan frit depuis deux jours et n'a pas voulu finir mon cordon bleu à la cantine, preuve qu'elle est SÉRIEUSEMENT ATTEINTE. Je lance un SOS international.

Merci Chloé de me piquer mon journal pour faire ce genre d'interventions.
Mais oui, c'est vrai.
Je suis atteinte.
Atteinte du bulbe.

Clément m'a traitée de mongolienne plate aujourd'hui dans le bus, mais je ne l'ai même pas entendu. Ni même regardé, d'ailleurs.

19 h 21
Dans la voiture, après l'école, ça a été l'interrogatoire.

Maman : Alors, tu as passé une bonne journée ?
Moi : OOooOOOh, oui.
Maman : T'es bien bizarre aujourd'hui.
Moi : Pas du tout.
Maman : Qu'est-ce qu'il y a ? Tu souris bêtement.

Moi : Mais non (grand sourire).
Maman : C'est pas un garçon, j'espère ? Il faut te concentrer sur tes ÉTUDES, Cléo, je te l'ai déjà dit, l'école, c'est pas un site de rencontres, tu es là pour travailler et avoir de bonnes notes.
Moi : Mais je saaaaiiiiis, c'est pas ça ! C'est… C'est Athéna qui m'a fait une grimace et ça m'a fait rire.

Ma mère est un vrai chien policier, je ne peux cacher AUCUN état d'âme.
Je pense rétablir rapidos le port de la cagoule l'automne-hiver prochain, histoire d'avoir le visage à l'abri de son radar à émotions infaillible et insistant.

Dimanche 18 septembre

18 h 00
Décidément, c'est la semaine des nouveautés.

Ce week-end, Papa nous a présenté sa nouvelle copine : Lilas. Pas de chouchou ou d'accent slave à l'horizon, elle est hyper sympa : elle est d'origine coréenne et elle a été adoptée par une famille française qui avait déjà trois enfants. Elle est journaliste, beaucoup plus jeune que Papa (elle a 30 ans alors que lui il en a 41 !!) et elle est très très belle.
Ce qui est assez surprenant, car comme je l'ai déjà dit, Papa a son charme, certes… Mais c'est pas Ryan Gosling, quoi. C'est plus un genre d'Hagrid, qui pue du bec, pète et mange la bouche ouverte. D'ailleurs, bizarrement il n'est jamais attiré par son équivalent féminin : je ne l'ai jamais vu ramener une ogresse à l'humour décapant et qui pue des pieds. Injustice !

Lilas, c'est un nom bien trop cool (les noms de fleurs, c'est la classe absolue), et en plus elle est super bien habillée, elle a une voix grave ultra classe, et summum suprême : elle a un chat.
On va donc avoir QUATRE CHATS en tout !!

Ce qui est un drame pour le chat de Lilas parce que Papa n'a pas du tout la fibre 30 Millions d'amis : les chats, il les embête pendant des heures en enfilant des gants de cuisine, jusqu'à les rendre dingues : c'est un psychopathe félin, littéralement.

Ouah, ça va faire drôle d'avoir une femme à l'appart (et un chat).
Est-ce que ça va donner envie à Papa de ranger un peu, et de s'habiller le week-end ?

Lundi 19 septembre

<3 <3 <3 Toni Toni Tooooniiiii <3 <3 <3

Mercredi 21 septembre

16 h 45
Purée.
Je suis SÛRE que Maman lit mon journal !!!

Retranscription de la scène. Hier soir, elle m'a chopée pendant que je mettais la table et, l'air de rien, elle m'a demandé :

Maman : Tout se passe bien en ce moment, à l'école ?
Moi : Oui, pourquoi ?
Maman : Je ne sais pas… Tu n'as rien à raconter de particulier ?
Moi *(j'ai douté un peu, la trouvant soudain bien précise dans son interrogatoire)*… Euh, ben non, rien, tout est comme d'hab quoi.
Maman : Rien du tout ?
Moi : Mais quoi, rien du tout, non, y a rien !
Maman : Il n'y aurait pas un certain « Toni », qui viendrait d'arriver dans votre classe, par hasard ?…
Moi *(triple arrêt cardiaque et sueur dans le dos)* : EUH, ben, ah si, lui, oui, il est nouveau, mais c'est pas non plus un événement majeur, quoi.

« Un événement majeur. »
Pourquoi est-ce que je me mets toujours à parler comme une grand-mère quand je mens ? Telle est la question.

Maman : Et il est sympa, ce Toni ? C'est un élève sérieux ?
Moi : Mais c'est quoi ce questionnaire, j'en sais rien moi, ça fait à peine une semaine qu'il est là.
Maman : Eeeeeh ben, tu es toute rouge, tu l'aimes bien on dirait.
Moi : Mais arrête, je suis pas rouge du tout, j'ai chaud, et puis d'où tu sais qu'il y a un nouveau d'abord ??

Maman : J'ai appelé le collège, et c'est le directeur qui me l'a dit.
Moi : Hein ?????
Maman : Eh oui, je te surveille, Cléo, faut pas croire. M. Martin me dit tout, tu sais. Donc ne t'avise pas de faire des bêtises !
Moi : M. Martin ? Le directeur ? Mais il sait même pas comment je m'appelle !
Maman : C'est ce que tu crois. Mais il vous connaît tous. Il demande des infos aux professeurs et aux pions dans la cour et en étude. Je sais tout.

N'IMPORTE QUOI ! J'hallucine !!!

Est-ce que ça peut être vrai ?? Est-ce que je suis fliquée de l'intérieur du collège, mon SEUL ESPACE de liberté ???

Je suis partie dans ma chambre en clamant mon droit à l'intimité et à la vie privée. Non mais elle est pas bien, elle !

SMS à Chlo :

Ma mère me flique ! Elle sait pour Toni, et elle me dit que c'est parce qu'elle demande des infos sur moi à M. Martin !!!

WHAT ? J'peux t'appeler ?

Non, on va manger, j'ai pas le droit. Mais je suis TROP SAOULÉE, là.

Tu penses que c vrai ? Il nous connaît même pas M. Martin. -_-

Ben, c'est ce que je lui ai dit. Mais elle dit qu'il nous connaît tous, en fait,

et qu'il récupère des infos sur nous
chez les profs et les pions et
qu'il les communique ensuite aux parents d'élèves.

… Ou juste à ta barjo de mère.

Tu penses qu'il peut faire ça ?? C'est pas
anticonstitutionnel ou un truc du genre ?
Une atteinte à la vie privée ??
Moi je crois qu'elle ment.

Il faudrait trouver un moyen de le tester.
Trouver un truc pour voir s'il sait comment on
s'appelle : si ça se trouve,il a aucune idée de
ton nom, et donc ça prouvera que ta mère ment.

Trop bien : on réfléchit à un plan ce soir,
et on en parle dans le bus demain ?

YES !!!

Va falloir enquêter sévère. Comment pourrait-on faire pour vérifier si M. Martin sait qui je suis ?

Il faudrait qu'une copine lui parle de moi pour quelque chose, et qu'elle voie s'il lui demande qui je suis (genre : « en quelle classe est-elle ? ») ou s'il acquiesce direct, ultra sûr de mon identité.

Mais en même temps, quand on va chez le directeur pour parler de quelqu'un, c'est jamais bon signe, c'est plutôt pour s'en plaindre, et je ne veux pas d'ennuis, moi…
Il faudrait que ce soit pour lui demander un truc, la permission pour quelque chose…

HAN !!!

JE SAIS !!!

Je vais demander aux filles d'y aller pour lui demander l'autorisation de filmer des séquences dans le parc du collège pour notre film : il dira forcément non, parce que c'est un lieu privé… Mais du coup, les filles pourront dire qu'on est très sérieuses et qu'on aimerait vraiment mener ce projet à terme toutes les cinq pour genre euh… le présenter à un festival, et qu'on a besoin de son autorisation pour ça !
Moi, je feindrai des crampes de règles pour aller à l'infirmerie, comme ça les filles iront toutes ensemble chez le dirlo SANS MOI : je serai celle qui manque – mais ce ne sera pas ma faute – et on verra s'il demande qui je suis ou pas quand elles mentionneront mon nom.

Je suis brillante, BRILLAAAANTE, HAHAHAHAHAHA !!!

Jeudi 22 septembre

21 h 22

Dans mon lit

Bon, le résultat de l'expérience est mitigé.

M. Martin n'en avait RIEN À CARRER de notre requête, et les filles m'ont dit qu'il n'a même pas cherché à en savoir plus sur le projet, il a lu des papiers tout le long de l'entretien, en maugréant deux trois « mmhmmh » pas du tout attentifs, et il leur a juste dit : « Mais oui, faites, faites ! »

Voilà.

Et on le paie pour diriger une école.

Je ne saurai donc pas, pour le moment, si Maman dit vrai ou pas.

(Mais, point positif, on sait qu'on peut filmer *Vengeance* dans l'enceinte de l'école. On n'aura pas fait ça pour rien.)

Dans le doute, je vais quand même cacher mon journal quand je pars au collège, et va falloir que je trouve un nom de code à Toni.

21 h 28

Sinon, rien à voir, mais aujourd'hui, en cours, on a parlé du récit autobiographique, en étudiant le texte d'une femme qui raconte son avortement… Elle s'appelait Annie Ernaux je crois. C'était hyper bizarre, je sais pas, ça m'a un peu choquée, c'était très violent et très beau en même temps. Je n'ai pas l'habitude de lire des choses qui sont « vraies » : dans les romans, on se rassure toujours en se disant que c'est inventé.

Mais quand l'auteur ou l'autrice nous dit clairement « c'est mon histoire »… brrr, moi, ça me file des frissons.

On a longtemps parlé de ce droit après avoir lu un extrait du texte, et du coup au lieu de faire un vrai cours, Mme Roux a fait une sorte de débat, en nous expliquant qu'il fallait toujours lutter pour ses droits, même ceux acquis. Parce qu'à l'époque du récit d'Annie Ernaux, l'avortement était interdit. Elle a dû faire ça de manière illégale, en étant étudiante, sans personne pour l'aider ni l'épauler. Toute la classe a été sensible au texte, ça nous a foutu le cafard, et ça nous a donné envie de nous battre.

Du coup, on a un devoir de rédaction pour la semaine prochaine, dans lequel on doit « raconter un souvenir intime ».

Pffffiou, vaste sujet.

Est-ce que je raconte mes nuits passées à recopier 50 fois « Je n'utilise pas de faux sang pour faire peur à ma mère car c'est un comportement irresponsable et infantile », ou bien la fois où Flutiou a vomi sur mon oreiller pendant que je dormais si bien que j'ai mis la tête en plein dedans au réveil et que j'ai dû me laver les cheveux à 6 h du matin dans le lavabo avant de prendre (rater) le bus scolaire, ou bien les chorégraphies hasardeuses d'Athéna sur le dernier tube de Shakira ?

QUE DE SUJETS D'UTILITÉ PUBLIQUE !

Dimanche 25 septembre

11 h 50

Dans ma chambre, à mon bureau

Alors que je commençais à peine à sortir une feuille double et mon stylo-plume pour me lancer dans ma rédaction, Athéna vautrée sur mon lit avec Flutiou en train de regarder un replay des *Reines du Shopping*... (ma sœur, pas Flutiou), Maman a surgi dans ma chambre en hurlant :

– Allez les filles, on s'habille et on décolle !

Moi : QUOI ? Mais MAMAAAAN, j'allais travailler, là !
Maman : Oh eh, on a un super mois de septembre, Cléo : il fait beau, il fait chaud, il faut en profiter après ça va se couvrir. Allez, ne fais pas ta Mercredi Addams là, à te cloîtrer dans ta chambre, fenêtres fermées : on va prendre l'air, ça nous fera du bien à tous.
Athéna : MAIS y a CRISTINAAAAAA !
Maman : Elle nous saoule ta Cristina, allez, éteins-moi ça, en plus c'est des bêtises.
Moi : Pfff, mais on va oùùùù, je te signale que je suis en pleine rédaction pour mon cours de français.
Maman : Eh bien, ça te fera un truc à raconter, allez hop.
Moi : Mais on va OÙ ?

Jean-Mi est arrivé fringant, un peu essoufflé, un sourire béat aux lèvres, les cheveux en pétard et un bouquet de fleurs du jardin fraîchement cueilli dans les mains :

– On va à la fête de la pomme !

Achevez-moi.

12 h 00
Maman : Cléo, prends ton imper' : il fait beau mais il y a un petit vent, tu vas avoir froid.

Achevez-moi bis.

12 h 02
De toute façon, il n'y a que des vieux ou des ploucs qui vont à ce genre de célébrations villageoises autour de l'existence d'un fruit, alors autant y aller habillée comme une plouc.

J'enfile mes lunettes, un vieux coupe-vent que j'ai depuis le CM2, mes baskets léopard qui ne vont pas DU TOUT avec mon sweat vert, et en plus j'ai les cheveux gras parce que COMME TOUS LES DIMANCHES, je ne les lave que le soir pour qu'ils soient beaux le lundi matin à l'école.

Donc, disons que s'il y avait un concours du style le plus pourri du monde ou de la tenue qui va le moins ensemble, je serais largement vainqueur.
Vainqu… Vaincrice ? Vainqueuse ? Ça se dit vainqueuse ?

Y a pas de raison, oui : VAINQUEUSE, je serai.

16 h 00
AAAAAAHHHHHH !!!!

J'ai croisé MUSEAU !!!!!

Non mais, AU SECOURS !!!!!!

Je rappelle mon accoutrement rapidement ?
Lunettes, pelage gras noué en vieille queue-de-cheval molle avec les cheveux qui frisottent sur le dessus de la tête, vieux sweat de cocooning vert pomme tout râpé, legging qui poche aux fesses mais que j'avais la flemme de changer pour un jean, baskets léopard ET coupe-vent orange fluo et violet que j'ai depuis mes 10 ans et que Maman m'a forcée à porter « parce qu'à l'ombre il ne fait pas chaud ».

Voilà.
J'ai croisé Museau comme ça.

Le seul mec encore « neutre » de la classe qui avait pour le moment une image à peu près positive de moi, qui n'était pas encore trop influencé par mes ennemis qui m'élisent laideron du collège chaque année, il a FALLU que je le croise à la foire de la pomme habillée en nain de jardin.

Bon, ça aurait pu être pire, dans deux semaines c'est la foire au boudin.

MAIS QUAND MÊME.

(Heureusement que ce n'était pas Toni. Sinon je ne remettais plus jamais les pieds à l'école. JAMAIS !)

Cela dit, il n'avait pas l'air ultra fier d'être là non plus. Sa mère était en train de s'extasier devant une sculpture de pomme géante faite en… pommes.
Ça ne s'invente pas, les fêtes de villages.

On s'est regardés un peu bêtement, et j'ai senti mes joues bouillir d'un coup… je voulais trouver une excuse ou un truc cool à dire qui expliquerait :
1) mon apparence,
2) ma présence ici,
3) ma tronche de troll.

Mais je n'ai pas eu le temps, il m'a lancé un gentil et un peu gêné :

– Hey, salut, Cléopâtre !

En croquant dans une Granny Smith.

– Heu, AaaaaaH, HEM haha HEY, SALUT MUSEA…. euh THOMAS !!! Thomas, hahahahahahahahahahahahaha !

Même ma sœur m'a jeté un regard condescendant.

J'ai feint un mouvement de foule, chopé la frangine par le bras et j'ai tracé droit, et vite.
Heureusement Maman et Jean-Mi étaient à un stand de poteries en grès (aucune idée de ce que ça foutait à une fête de la pomme) et ils n'ont pas vu la scène, sinon bonjour les questions au dîner : « C'était quiii ? Il est mignon, tu le connais ? Tu l'aimes bien ? »
Je suis allée me planquer derrière le stand de cidre qui ameutait le plus de gens, et j'ai attendu que Museau parte pour sortir de ma tanière. Il y avait un vieux chien pourri sous la table avec nous, ce qui a permis à Chaco de ne pas voir le temps passer et de rester docilement avec moi dans ma planque à caresser ce puant King Charles frisé jusqu'à ce que je décide qu'il était temps de sortir, ce qui équivaut à peu près au moment où maman a paniqué et nous a appelées avec un trémolo dans la voix.

(Chaco a appelé le vieux chien Thibaut, et c'était un petit drame quand on a dû le quitter.)
Non, mais comment VOULEZ-VOUS que je trouve le calme nécessaire en moi pour écrire ma rédaction alors même que je viens de subir une humiliation cuisante ?

16h45
Pitié, faites qu'il n'en parle pas demain au collège.

16h46
En même temps, s'il en parle, il se trahira : il y était lui aussi à cette foire de la pomme, que je sache, je n'étais pas la seule. À mon avis, il se taira.

17 h 00
Chaco : Tu crois que Thibaut il avait une amoureuse ?
Moi : Oh, tu sais, Thibaut c'est un vieux de la vieille : il a dû avoir toute une ribambelle d'amoureuses. Peut-être même des amoureux, d'ailleurs. En plus, un chien qui a dix ans (vu sa tronche...), ça lui fait au moins cinquante ans en âge humain. Alors, des amoureuses, il a dû en connaître des tonnes : des bichonnes, des canichesses, des dalmatiennes, des chihuahuattes, des...
Chaco : Et toi, t'as un amoureux ?
Moi : Rhhaaa, mais t'es saoulante de me couper comme ça, j'ai même pas fini de parler !
Chaco : Pardon.
Moi : ... Je voulais rajouter « des teckelettes ».
Chaco : ... Oui.
Moi : ...
Chaco : Flutiou, ça peut être ton amoureux ?

L'intéressé baisse une oreille, soudain concerné par la discussion (plutôt en mode : « Au secours, c'est glauque, je me prépare à foncer vers la sortie ».)

Moi : Non. Flutiou, c'est un chat. Moi je suis une humaine, ça ne marche pas, on ne peut pas être amoureux. T'imagines la tronche de nos enfants ?
Chaco : Moi, je crois que Thibaut c'était un peu comme mon amoureux, mais en chien.

La grâce a touché le berceau de ma frangine, c'est indéniable.

Mercredi 28 septembre

Museau n'a rien dit.
Aujourd'hui la bande de Clément l'a enfermé dans les toilettes pendant la récré… C'est vraiment des abrutis.
Et de toute façon, maintenant je m'en fous de Clément. J'aime T… Clyde.

Oui, dorénavant, Toni s'appellera Clyde.
On a cherché des bad boys un peu cool de l'histoire avec Chlo, et on est vite tombées sur le couple de braqueurs de banques Bonnie and Clyde. Bonnie ça ressemble à Toni : du coup on a validé.
Clyde <3

Jeudi 29 septembre

20 h 00
Clyde a trouvé sa Bonnie.

Eh bien, évidemment, je vous le donne en mille, ce n'est pas moi. C'est une ravissante rouquine de 5e A.
Comment pouvais-je imaginer DEUX SECONDES qu'un tronçon sans formes comme moi, aux longs bras maigres et au menton crochu, pourrait attirer un Apollon comme lui.

20 h 02
La seule bonne nouvelle dans l'histoire, c'est que dans deux jours, le mois d'octobre commence, et que c'est le meilleur mois de l'année parce qu'il se termine par HALLOWEEEEEEEEEEN !

20 h 35
Flutiou est monté sur mon lit et il a dû sentir mon désarroi parce qu'il est venu me lécher le nez. J'ai passé outre l'haleine de merlan avarié, parce que qui suis-je pour le juger, lui au moins, IL M'AIME.

20 h 37
C'est peut-être pas débile, ce truc d'amoureux version chat.

Pour l'instant, ça semble marcher vachement mieux que les amoureux humains.

Chapitre 3

Octobre

Petits oignons et bulldozer de l'amour

Dimanche 2 octobre

Chez Papa

Octoooobre est làààààà !

Bonheuuuur !!!
Joiiiiie !!!!

Le mois des sorcières commence.
On a trente et un jours pour anticiper la meilleure fête de l'année avant Noël, j'ai nommé : Halloween.

J'ai déjà réfléchi à mon déguisement : j'hésite entre Andy Warhol version zombie (j'ai une vieille perruque grise qui ferait bien l'affaire) ou la petite fille du film *Le Cercle* avec une fausse télé en carton de laquelle sortir à quatre pattes à tout moment dans la soirée.

Hier, Chlo est venue dormir à l'appart de Paps pour qu'on puisse faire des recherches sur Clyde, et qu'on teste un sortilège d'amour.
EXCITATIOOOOON SUPRÊÊÊÊME !

L'après-midi, on a d'abord lancé la mission enquête impossible, pour en apprendre plus sur Clyde.
On a tapé son nom dans Google (il aurait pu tuer quelqu'un on ne sait jamais) mais rien n'est sorti. On l'a cherché sur Facebook, et heureusement son profil était public. C'était presque trop facile. On a dû rester au moins trente minutes dessus, à tout lire et aller sur les profils de ses amis. Le gars est la beauté incarnée.
(J'ai fait une petite capture d'écran de lui en maillot de bain. Bah quoi ? Faut pas se priver.)

Bon, le hic c'est qu'il a posté plein de photos avec des filles. Des filles dans ses bras, des filles sur sa moto, des filles en terrasse avec lui… Toutes différentes, bien sûr.
Là, on s'est dit : « Mmmh, le type est un coureur. »
Pas très sexy.
On l'a aussi cherché sur Instagram, mais là, c'était plus complexe. Il a dû prendre un pseudo… Alors pendant des heuuuuures on a investigué : on est allé sur tous les comptes de gens qu'on connaissait du collège, on a regardé sous toutes leurs photos pour voir si des commentaires OU des likes venaient de lui, et MAGIE !!! On l'a trouvé.

« Bécane666 ».

Je ne pouvais pas deviner.

Il n'a posté que trois photos et demie, mais c'est lui !!!! Avec tout ça, je pourrai un peu mieux définir sa personnalité, c'est important. C'est une vraie étude sociologique, ce n'est pas à prendre à la légère. (J'ai tenté de trouver sa date de naissance pour connaître son signe astrologique, mais il n'avait rien indiqué nulle part.)

Ce que je peux constater, c'est qu'il y a énormément de fautes d'orthographe, et pas beaucoup de photos de trucs un peu « profonds ». Mais bon, il a une vie tellement différente de la mienne, je ne peux pas le juger là-dessus. Il est tellement sympa par rapport aux autres mecs de la classe.

Enfin, Museau est sympa aussi, c'est vrai.

Il n'a pas reparlé de l'épisode Foire de la pomme, et il m'a

souri quand on est entrés en classe lundi. C'était marrant de se dire qu'on partageait une sorte de « secret ».
Bref : le soir venu, avec le Dindon, mode « magiciennes de l'ombre » activé, on a jeté notre premier sortilège magique. Hihiii !

À la bibliothèque, mercredi dernier, on est allées emprunter un livre sur le pouvoir des cristaux et, dedans, il y a quelques rituels simples à pratiquer : mais encore faut-il avoir les pierres, et ça coûte TRÈS CHER.
Alors, on a cherché ceux qui étaient les plus simples, avec un nombre raisonnable de pierres et des bougies de couleur surtout : une virée au petit magasin de cristaux de mon quartier et cinq morceaux de quartz rose plus tard, on était prêtes. C'est un investissement sur l'avenir, des pierres, ça se garde à vie, il faut le voir comme ça.
Et j'avais pris soin de piquer quatre belles bougies roses dans le placard déco de Maman hier matin avant de partir (impossible de faire les sortilèges là-bas, elle rentrerait dans la chambre toutes les dix minutes pour savoir ce qu'on fait), donc on était parées.

On a essayé de virer Chaco de la chambre, mais elle voulait à tout prix rester pour assister au sortilège. Je la comprends, c'est plutôt cool.

Papa et Lilas regardaient un film dans le salon, donc on avait le champ libre pour faire nos incantations sans trop se faire remarquer. On a éteint les lumières et allumé la lampe de sel que Nini nous a offerte il y a deux ans (et qu'à l'époque j'avais trouvé complètement ringarde, jusqu'à ce que j'apprenne que c'était un purifiant très puissant, et donc, MAGIQUE).

On s'est mises à genoux par terre, puis j'ai commencé à lire à voix haute la page du rituel :

Rituel pour attirer l'amour
1 - Purifiez cinq quartz roses et consacrez-les à la manifestation de l'amour dans votre vie. Tenez les pierres dans votre main gauche et connectez-vous à leur pouvoir, le sentant rayonner dans vos chakras de manifestation et dans tout votre être.

Chaco : C'est quoi le chat crade ?
Moi : chuut !!!
Chlo : Non mais, en vrai... Je comprends rien à ce qu'elle raconte, la nana. Comment ça : "Consacrez-les à la manifestation de l'amour ?" Ça se consacre comment, un caillou ?
Moi : On s'en fiche, il suffit de se concentrer. On prend chacune un quartz dans les mains, non, tiens, dans ta main gauche, et on pense très fort à l'amour.

Comme il y en avait cinq, on en a pris deux chacune et j'ai donné le troisième à Athéna. Elle avait les yeux tellement brillants de gratitude que je n'étais pas sûre de parvenir à le lui reprendre en fin de sort.

2 - Placez quatre bougies sur une table recouverte d'un tissu de soie.

Chlo : Mince, on n'a pas de soie !
Moi : Attends, bouge pas !

Je suis sortie de la chambre et suis allée demander à Lilas si elle n'avait pas un mouchoir ou un foulard en soie.
Il se trouvait qu'elle avait une nuisette : je lui ai dit que ça

ferait l'affaire, et avec un sourire en coin (elle a dû apercevoir Chlo et Chaco à genoux par terre avec des bougies et des cristaux dans les mains…), elle est allée me la chercher. TROP SYMPA !!! Maman m'aurait fait un foin pendant une heure pour que je ne lui abîme pas, que je la remette bien à sa place, que je ne la perde pas, et patati et patata.

Je suis retournée dans la chambre et on a placé la nuisette à plat par terre (on n'avait pas de table, alors ça faisait l'affaire).

Moi : Bon, je continue !

Positionnez une bougie au nord, accueillant l'amour venant de cette direction lorsque vous l'allumez. Mettez-en une au sud, à l'est et à l'ouest, accueillant l'amour de chaque direction. Demandez que la lumière de ces bougies attire la manifestation élevée de l'amour.

On a mis l'iPhone de Chlo en mode boussole, et on s'est exécutée.
(Chaco était extrêmement concentrée, elle était trop mignonne !!!)

3 - Tenez les cristaux dans vos mains et faites face à votre table. Fermez les yeux, et accordez-vous silencieusement aux cristaux. Laissez leur énergie circuler à travers vos mains, montant par vos bras et arrivant à votre cœur, qui s'ouvre et s'élargit. Touchez votre cœur avec les cristaux : le quartz rose est un puissant purifiant et guérisseur du cœur. Laissez celui-ci être purifié par les énergies des cristaux.

4 - Dites à haute voix : « Je suis un aimant pour l'amour. J'accueille l'amour dans mon cœur et l'amour dans ma vie. »

On l'a toutes répété à l'unisson, avec l'impression soudaine d'être dans un épisode de *Charmed*.

Placez quatre cristaux autour de la table et saisissez le dernier. Si vous désirez attirer un amoureux, dites à haute voix « J'appelle mon âme sœur à être présente et à se manifester pleinement et affectueusement dans ma vie. » Asseyez-vous tranquillement pendant quelques instants, yeux focalisés sur les cristaux, et visualisez votre vie quand vous jouissez de l'amour sans condition. Envoyez cette image dans l'avenir, la déroulant devant vous afin de manifester cette vie-là. Placez le cristal au centre, entre les bougies.

Moi : Jacobin, c'est à toi de le placer.

La petite sœur/sorcière a déposé lentement et avec une application scolaire son cristal au milieu du cercle de bougie.

5 - Lorsque vous êtes prêts à achever le rituel, levez-vous et soufflez les bougies en disant : « J'envoie lumière et amour dans le monde et il me les renvoie décuplés. » Soit laissez les cristaux sur la table, soit placez-les autour de votre lit.

Chlo : C'est tout ?…
Moi : Ben, attends, faut commencer doucement. On a un mois pour pratiquer je te rappelle.
Chlo : C'est pas censé marcher mieux si on le fait toute seule ? Le dire toutes en même temps, c'était peut-être pas le mieux…
Moi : Mais si, ça triple l'intention, c'est très bien. Je te PARIE qu'à la fin du mois, l'amour frappe à ma porte.

On a acté le pari en se serrant la main.
(Si je perds, je fous mes pierres au feu.)

On a dormi sur le canapé-lit du salon, autour duquel on avait placé tous les cristaux : un à chaque angle du matelas. J'en ai laissé un à Chaco, et elle a dormi avec dans son lit, en mode doudou.

CUTE.

(J'espère que ça va MARCHEEER !!!)

Note de la journée : 20/20

PS : Punaise, j'aurais dû lancer un sort pour devenir intouchable et ne plus me faire emmerder à l'école. L'amour après tout, c'est si surfait.

Lundi 3 octobre

17 h 00
Le sortilège d'amour a marché !!!

Mais pas pour moi.

Clyde a une nouvelle Bonnie. Elle s'appelle Aude, et elle est en 4e B, elle est aussi jolie et gracile que je suis un cageot.

On ne peut pas dire qu'il perde son temps. Deux semaines, deux copines.
Mais c'est normal, il est SI BEAU.
Les gens beaux sortent avec des gens beaux, voyons.
Qui suis-je pour fantasmer sur un demi-dieu, moi vulgaire Gorgone aux cheveux secs et fourchus ?
(Et poilue des tétons.)

Je frôle la dépression, mais en même temps si on voit le bon côté des choses, plus il sort avec des filles plus j'augmente mes chances d'être l'une d'entre elles.

Mardi 4 octobre

18 h 12

– Mais, ENFIN, Cléo tu peux me dire ce qui t'est passé par la tête ?? C'est quoi ce carnage de sang, partout ?? Tu en as même dans les cheveux !!!!

Ça, c'était Maman tout à l'heure quand je suis rentrée dans la voiture après le collège.

Le truc, c'est que j'avais emmené le faux sang à l'école, pour qu'on puisse répéter des scènes de *Vengeance* avec les filles à la récré.
Sauf qu'après avoir joué la scène dans laquelle le personnage de Chlo se prend une balle dans la jambe et tente d'arrêter le saignement avec ses mains, on n'a pas réussi à lui nettoyer les mimines.
Elle avait les paumes ROUGE FLASH, même après trois lavages dans les toilettes : on a frotté comme des malades, mais rien à faire, Chlo gardait les paluches couleur ketchup.

Quand la cloche a sonné, on a décidé que tant pis, on passerait l'aprèm à devoir expliquer que non non, Chlo n'a rien, que c'est juste de la peinture (on a mis ça sur le dos de l'art plastique, ça marche toujours très bien).
Mais quand on a croisé Clément et sa bande, il a pris mon sac à dos sans prévenir (arraché serait plus juste) et l'a balancé à l'autre bout du couloir, en gueulant :
« Tiens, tête de plâtre, va chercher ! » et il a ri comme un goret alcoolique.

Ce qui, en soi, était déjà relativement humiliant, quoique la triste réalité de mon quotidien.

Sauf que…
Ce que je n'avais pas prévu, c'est qu'en balançant mon sac aussi violemment par terre, le tube de faux sang avait littéralement explosé sur mes affaires. PAR-TOUT, il y en avait partout. Sur mon agenda, ma trousse, sur la tranche de mes cahiers, mes feuilles… J'avais même une vieille serviette hygiénique emballée, qui devait dater de ma rentrée panique, qui baignait dans une flaque de sang.

L'image avait quelque chose de tragique, comme un destin raté, un truc assez poétique. J'aurais dû faire une photo.

BREF.

Le temps de sortir tout ça de mon sac pour stopper la fuite, je me suis retrouvée au milieu du couloir, une mare de sang à mes pieds, les mains et le visage (j'avais le nez qui me grattait…) couverts de traces rouges et poisseuses.
Malheureusement, M. Martin est passé pile à ce moment-là, et j'ai cru qu'il allait faire une syncope.

– Mademoiselle Wellington !!! Qu'est-ce que ??!!!…
– Euh… Un petit incident de menstruation, Monsieur.

Je vous jure qu'on aurait dit qu'il allait s'évanouir.
HAHAHAHAHAHAHA !
(Pourquoi les gars sont-ils toujours aussi FLIPPÉS quand on mentionne les règles ?)
Comme trop souvent dans ce monde de coincés, ma blague n'a pas fait mouche puisque j'ai écopé d'une observation dans mon carnet de correspondance qui m'accuse, je cite, de : « détention de matériel interdit dans l'enceinte du collège ».

Excusez-moi, mais il me semble n'avoir lu nulle part que le sang artificiel en tube était interdit dans l'établissement.
On ne peut pas interdire les choses APRÈS COUP, c'est trop facile !
Si on m'avait dit clairement et sans détour : « Cléopâtre Wellington, je vous saurais gré de ne pas détenir l'once d'un tube de fausse hémoglobine en provenance d'enseigne quelconque de farces et attrapes dans votre sac à dos personnel », ben…
J'aurais fait en sorte de mieux le cacher, voilà.
Je me pensais dans un pays libre, désolée.

Et en revanche, Clément qui balance mon sac en m'insultant à travers un couloir rempli de la moitié du collège (qui constitue donc un paquet de TÉMOINS), il n'a rien, LUI.

INJUSTICE.

18 h 35

Ah ! Et, injustice BIS, j'ai évidemment 50 lignes à recopier pour ce soir. Je vais m'y mettre, je ne voudrais pas aggraver ma situation.

18 h 45

Je devais être scribe dans une autre vie, c'est pas possible autrement.

22 h 45

J'ai enfin terminé. N'en pouvant plus, j'ai appliqué ma technique des quatre crayons scotchés sur une règle. Les dernières lignes ne ressemblent à rien, mais à ce que je sache la seule consigne était de copier des lignes, pas de bien écrire.
J'ai rempli mon job.

Jeudi 6 octobre

Museau a eu la meilleure note de la classe à sa rédaction sur un souvenir intime !!!
Il a accepté que Mme Roux la lise devant la classe, et c'était hyper émouvant.
Il a parlé d'un souvenir avec son père quand il était enfant, un souvenir d'une balade en forêt à apprendre le nom de chaque fleur. La rédaction se termine en nous apprenant qu'aujourd'hui il ne voit plus son père, car ses parents sont séparés et qu'il n'a pas demandé la garde.
Franchement : j'avais les larmes aux yeux.
Il y a eu un petit silence ému dans la classe, enrobé d'une sorte d'admiration collective, qui a été brisé en quelques secondes par Laure qui s'est exclamée, furax en découvrant sa copie :

– 12/20 ???? Madame, il doit y avoir une erreur, je suis première en français depuis la sixième…

Et les garçons ont embrayé le pas en se mettant à se moquer de Museau en minaudant : « Ooouuuuh ! Mon Papa il me fait cueilliiiir des fleuuuurs, holalalaaaa. Je suis une grosse chochotte qui aime les fleufleurs ! »

Tous des abrutis.

À la récré, Laure en a remis une couche :

Laure : Franchement, c'est n'importe quoi. J'ai jamais eu moins de 14/20 en rédaction. Elle est sénile, cette pauvre Roux.
Joey : Elle racontait quoi, ta rédac ?

Laure : Je parlais du jour où je me suis occupée de Byzance (*ndlr : sa jument*) pour la première fois et qu'elle m'a regardée comme si on se reconnaissait. C'était un moment HYPER FORT, quoi.
Moi : C'était un essai sur la télépathie chevaline ?
Laure : Arrête, c'était TROP émouvant, je parlais de la couleur de son iris sombre, dans lequel se formait une larme quand elle m'a vue.
Moi : Elle pleurait peut-être parce qu'elle n'avait pas envie d'être asservie par une humaine de 13 ans ?
Laure : C'est ça, moque toi ! T'as eu combien, toi ?
Moi (*un peu fière*) : J'ai eu 15.

Elle a viré cramoisie et elle est partie en râlant dans sa barbe. Mouhahahahaha !
Dans ma rédac, j'avais finalement décidé de raconter les après-midi passés chez mes grands-parents maternels quand j'étais petite, dans leur appartement plein de bibelots et breloques qui sent toujours bon le sucre tiède, à manger de la poire en morceau et dessiner avec Papilou pendant que Mamilou chantait du Henri Salvador.

Joey : Elle était cool la rédac de Thomas, non ?
Moi : Oui, c'était trop mignon.
Chlo : Qu'est-ce qu'y a Cléo, t'es bizarre.
Moi : Pourquoi bizarre ?
Maria : T'es toute rouge.
Moi : Oui, bon, ben, on va pas se mettre à juger les gens sur leur couleur, maintenant !

Note à moi-même : va falloir que je fasse quelque chose pour cette tête qui rougit sans cesse. Ça va de pair avec la puberté ou quoi ? Depuis quelques mois j'ai l'impression que tout le monde lit en moi comme dans un livre ouvert, c'est très déplaisant.

Note à moi-même bis : quel médecin faut-il consulter pour ça ? Un… un rougiste ?
« Bonjour, Docteur Grujon, spécialiste en rougissement intempestif des joues et autres parties du visage de l'adolescent ému. »
HAHAHA.

Évidemment, PILE À CE MOMENT, Museau est passé et en arrivant à mon niveau, m'a fait genre UN SOURIRE.

Le type discret.

Non, mais un sourire ??? Il veut que notre secret soit découvert ou quoi ?
Depuis quand les garçons nous sourient à la récré, qui plus est entourés de témoins ??
Normalement ils jouent à des trucs au milieu de la cour qui font du bruit et prennent de la place, et nous on fait nos trucs dans notre coin à l'abri de ces demeurés.
On n'est pas censés se CROISER et encore moins SE SOURIRE.

Maria : Il ?… Il t'a souri, non ?
Joey : Il lui a GRAVE souri.
Maria : T'étais pas sur Clyde, à la base ?
Joey : Elle était surtout sur Clément, oui.
Chlo : Clément et Henri, c'était pas bien clair.
Moi : WOW WOW WOW WOW WOW. Du calme, les Derricks en herbe. Déjà, oui, je suis toujours absolument in love de Clyde. Et deuzio, on se calme sur Thomas, il ne me sourit pas

du tout, il est juste un garçon qui… qui semble heureux, voilà. Est-ce qu'on juge les gens heureux ? NON. Alors, j'aimerais sentir plus de solidarité pour les gens heureux s'il vous plaît.
Joey : Il se fait tabasser par la bande à Clément. Y a mieux pour être heureux.
Moi : Certes. Il mérite donc d'autant plus notre soutien et notre admiration.
Maria : Je… je le trouve craquant, moi. Mmmphhhffff ! * joues rouges *
(purée, elle a le même syndrome rosissement que moi !!!)
Chlo : Museau ? Craquant ?!!
Maria : Oui, je… enfin sais pas… je le trouve gentil.
Chlo : Il a la tête plate, non ?
Joey : Moi, c'est son nez que je trouve bizarre.
Chlo : Ben, c'est pas pour rien qu'on l'appelle Museau ! Hahahaha !
Maria : Ben oui, mais… enfin, lui au moins… il est gentil. Y a pas que le physique dans la vie.

Touché.

C'est vrai qu'il n'a rien moufté de notre entrevue hasardeuse à la fête de la pomme.
Mais est-ce de la gentillesse, ou bien avait-il trop honte 1) d'avoir croisé un troll en K-way orange qui l'a reconnu devant témoins et 2) d'avoir été aperçu par cedit troll à une fête de village ringarde dans laquelle on fait des sculptures en pomme et une dégustation de cidre en famille ?
Je ne sais pas.

J'ai regardé Chlo intensément pour lui faire comprendre que je lui raconterai un truc plus tard. J'ai complètement zappé de lui parler de cet incident pommesque.

Maria : … Je… je pense que je vais lui demander de sortir avec moi avant les vacances.
Chlo : T'es sérieuse ?!
Maria est devenue rouge telle la pivoine du Japon et s'est mise à balbutier.
Maria : Je… j… on est à côté en arts plastiques… on … on fait un… enfin, on a un projet ensemble et hmppfff ! ch'ais pas, on verra.

Elle a gloussé.

Museau a une fan dans la salle.

À ce moment-là, on a vu Toni passer au bras de sa dulcinée, tout roucoulant et plein de guimauve. Il l'a calée contre un tronc d'arbre, a passé une main sur sa joue, et lui a roulé le patin du siècle.

Chlo : Holalalaa, le lourd.
Maria : Boôh, ils sont mignons, quand même.
Chlo : Oui, jusqu'à ce qu'il la largue et s'en tape une autre.
Moi (*dans ma tête*) : « Une autre » alias MOI-MÊME, MERCI BONSOIR !

Au point où j'en étais, je rêvais même d'être le tronc d'arbre. C'est dire l'état de mon désespoir.
Et alors que je me laissais aller à quelques rêveries romantiques, l'immonde, l'affreux Fabien-le-redoublant-pustuleux a surgi d'on ne sait où, s'est jeté sur le couple et les a poussés l'un sur l'autre en poussant des cris de fornication à grands coups de « han han ».

RÉPUGNANT.

Dans le bus, on a abordé le sujet gênant avec le Dindon.

Chlo : Qu'est-ce que tu voulais me raconter, du coup ?
Moi : Pfff. Faut vraiment que tu le gardes pour toi.
Chlo : Promis.
Moi : Je… j'ai croisé Museau quelque part.
Chlo : Nooon !?
Moi : Si. Dimanche y a deux semaines. Mes parents ont à tout prix voulu nous emmener à un truc stupide et humiliant à Saint Cyr au Mont d'or, et…
Chlo : … Vous êtes allés à la fête de la pomme ?
Moi : COMMENT TU SAIS ??!!!!!!!
Chlo : Mon père nous a fait le coup aussi. Ingérable, j'ai pas réussi à y couper.
Moi : TU ÉTAIS LÀ-BAS AUSSI ?? ?
Chlo : Bah oui, mais je t'ai pas vue.
Moi : Normal, j'étais sous une table avec Thibaut et Galibruge.

Quel moment gâché !!!!
J'aurais pu passer l'aprèm avec mon Dindon adoré de l'amour intersidéral, et au lieu de ça j'étais accroupie sous une table rouillée avec ma frangine de 7 ans à caresser un King Charles pelé au milieu de vieilles épluchures de pommes moisies.

La vie est mal faite.

Vendredi 7 octobre

18 h 20
J'ai demandé à Maman si je pouvais dormir chez Chlo ce soir, et, comme de bien entendu, elle a dit non.
Pourquoi ?
Parce que je la vois déjà toute la journée (rapport ? Se voir en cours sans rien pouvoir se dire, c'est vrai que c'est trop la marrade), que ce soir ils ont prévu de faire des côtelettes d'agneau et qu'il y en a pile quatre, et qu'on ne va pas gaspiller, et est-ce que je sais combien coûte la viande, et qu'on ne prévient pas à la dernière minute, que je ne vis pas dans un hôtel…
Heu, y avait d'autres raisons mais je me suis endormie après la dixième.

Saisie par un ennui interplanétaire, j'ai voulu aller inspecter l'Instagram de Clyde, mais il l'a pollué de photos niaises avec sa nouvelle Bonnie et ça m'a déprimée.

Mon Instagram à moi ne montre que des photos de Flutiou ou de bouffe.
Je ne sais pas si c'est triste ou rassurant.

Je vois la télé de Mme Rambucheau par ma fenêtre de la salle de bain.
Quelle tristesse ! Tous les soirs, elle est dans son fauteuil, seule, et elle regarde *Scènes de ménages* puis *NCIS*.
Je devrais lui parler de Netflix, ça la changerait un peu.

En même temps, c'est rassurant de la voir tous les soirs. Je me dis que si un psychopathe sanguinaire passait par là, on serait solidaires et on pourrait alerter l'autre pour appeler la police. Il y aurait un témoin, quoi qu'il arrive.

19 h 00

J'ai pris un bon bain chaud, à la recherche de calme et de sérénité.
C'était pas gagné : Tom-Tom essayait de manger la mousse, assis sur le rebord de la baignoire, sa grosse moufle grise tapotant l'eau toutes les cinq secondes et demie, et Tiger était parti dans une chorégraphie de toilette à grands coups de gargarismes de gorge dégeulasses et de « sluuurp slurrrrp SLUUURP » râpeux.

LA SAOULANCE.

Jamais tranquille dans cette baraque.

Je suis sortie du bain en attrapant ma serviette et en inondant la moitié de la pièce, ai foutu les deux affreux Jojo dehors, et ai tenté de retourner me DÉTENDRE dans l'eau qui commençait déjà à être tiède.

« AaaaAAAh TOTO T'ES TOUT MOUILLÉÉÉÉÉ !! » a crié la mini-sœur depuis sa chambre.

Oups.

Il avait sûrement sauté sur son lit pour se sécher.
Déso, mais pas déso, j'avais un bain serein à prendre pour absorber toutes les tensions dont je suis victime ces temps-ci.
Je résume ?
– Je suis folle d'un type qui est la beauté puissance mille incarnée en humain, mais il en aime une autre (qui change

toutes les semaines). Ce qui, en somme, était déjà l'histoire de ma vie, avec l'épisode Clément.
– Je n'ai même pas eu le droit de dormir chez ma meilleure amie ce soir.
– J'ai des poils aux tétons.
– J'ai un prénom ridicule.
– Et je n'ai pas encore annoncé mon 6 en physique à Maman. J'attendais une bonne note pour faire une annonce double et que son cerveau retienne une moyenne. Grâce au 15 en rédac, ça devrait passer.

Alors que j'énumérais mentalement mille raisons de céder à une crise d'angoisse imminente, ça a frappé à la porte de la salle de bain.

– Cléoooo ?

C'était Groudoff qui m'interpellait d'une toute petite voix étouffée.

– Qu'est-ce qu'y a ma croûte de sel ?
– Je… je peux te montrer ma danse ?
– Ben là, tout de suite, moyen, tu vois. Je suis en tentative de détente relaxante, ce qui nécessite un silence et une solitude extrêmes.
– … C'est avec des foulards.

Allez.
Va pour la danse de foulards.

19 h 30

Je dois dire que mon grumeau de sœur a un certain talent. Elle a mis *Rock My World* de Michael Jackson (elle est dingue

de cet album, ne cherchez pas, une sombre trouvaille de grenier qu'elle ne lâche plus depuis qu'elle sait se servir d'un poste) et a fait une sorte d'imitation pas si nulle du King de la pop, à grands coups de déhanchés saccadés et d'agrippages de chapeau.
J'étais même un peu émue.

19 h 40
Arrêtez-moi, je raconte des choses bien trop passionnantes. Ceci est à l'image de ma vie maladivement pauvre en aventures.

20 h 30
À table, Tom-Tom était assis sur la chaise vide à côté de moi. Retranscription de la scène :

Maman : Ne lui donne rien sinon il va réclamer.
Moi : Je lui donne rien, mais il me fixe !
Maman : Eh bien, ignore-le.
Moi : Facile à dire quand un machin de douze kilos te lâche pas des yeux.
Maman : Eh ben, regarde ailleurs.
Moi : Même si je ne le regarde pas, je le SENS. Il fouette !! Il pue le port de pêche en plein soleil un jour de canicule.
Maman : Oh, tu exagères.
Moi : Non, sérieusement ! Il sent la marée basse et la boîte de thon périmée.
Jean-Mi : C'est vrai qu'il sent.
Moi : Franchement, je m'inquiète même pour sa santé, il refoule bien trop du goulot pour que ce soit anodin.
Maman : Tu sais bien que j'ai demandé à la véto pour son haleine. Elle a dit que s'il sentait le poisson pourri, il ne

fallait pas s'inquiéter, mais que s'il sentait la poubelle, il fallait l'emmener.

Ah bon, me voilà rassurée.

Je ne sais pas comment on est censé juger l'échelle de puanteur « poubelle via poisson pourri », mais il faut croire que la situation est sous contrôle.

Autre titre possible d'autobiographie : « Cinquante nuances de puanteur ».

22 h 00

Pour décompresser de ce vendredi soir bien naze, on a mis *Can't Stop the Feeling* de Justin Timberlake à fond dans ma chambre avec Galibruge, et on a dansé comme des dératées. J'essaie de lui apprendre une choré synchronisée mais parfois sans prévenir elle se couche par terre et rit comme une bossue ou tente d'intégrer ses nouveaux « mouvements de foulard ». Ça peut marcher dans l'idée, c'est pas que je sois contre, mais j'aimerais vraiment qu'on arrive à faire un truc ultra synchro et qu'on se filme. Elle a un petit legging léopard et un T-shirt Olaff qui feraient un tabac sur YouTube, j'en suis sûre.

Comme on se sentait particulièrement en forme, on a enchaîné sur *Work* de Rihanna et *Bad Romance* de Lady Gaga. La mini-pouce gère parfaitement les mouvements de petit monstre saccadé sur le célèbre « ♪ Ra raaa Ra HAHA Roma ROMAMAAHHH GAGA ho-lala… WANT A BAD ROMANCE ♫ »
Fierté sororale absolue.
<3

22 h 30

Maman a débarqué en nous demandant de baisser la musique, mais on lui a répondu en faisant les petits monsters paumes levées et griffes sorties, en avançant au ralenti et en rythme. On a joué le jeu tellement à fond qu'elle a abandonné en disant :

– Bon. Fermez au moins la porte.

Yesss !

Lady Gaga adoucit les mœurs, c'est bien connu.

Samedi 8 octobre

12 h 00
Toujours en mal de magie et d'aventure, j'ai trouvé un nouveau livre de sorts à jeter avec Chlo, en accompagnant Jean-Mi faire les courses ce matin.
C'est un petit livre illustré avec un jeu de cartes de sorcières pour apprendre à faire des tirages, et un livret de rituels de magie à faire chez soi.

TROP BIEN ALIAS BONHEUR DANS LES CHAUMIÈRES !!!
J'ai coché les pages de ceux que j'aimerais faire avec le Dindon ce mois-ci.
Je sens qu'on va développer un pouvoir de dingue, et que bientôt on pourra gérer nos vies comme des reines, en faisant arriver tout ce qu'on veut.
Mouhahahaha.

J'ai mis de côté un sort pour donner mauvaise haleine à un ennemi (Clément, prépare-toi à souffrir) et j'en ai repéré un qui me tentait bien pour cet après-midi : « Pour que trois vœux se réalisent ».
Je me dis que c'est le plus rentable : trois vœux en un, c'est tout bénef.

– Cléo !! Tu me rangeras ta chambre et tu me passeras l'aspirateur : ça sent le hamster, là-dedans.

Merci Maman de venir briser mes rêves de toute-puissance magique en me ramenant de manière si brutale à la trivialité de mon quotidien.

Dommage qu'il n'y ait pas un sort « Transformer votre mère en une personne aimante et conciliante », ça pourrait m'aider.

J'ai envoyé une photo de mon nouvel ouvrage de sorcellerie à Chlo avec un rébus en émoticônes.
Deux filles, des étoiles, une boule de cristal, un livre et un pouce levé.

Elle m'a répondu direct :
`Je viens quand ?!!`

Suivi de :
`Y a un sort pour pourrir la vie de Clément ?`

Je l'aime.

19 h 00
YES !! Chlo a pu venir passer l'aprèm ici.
Tous nos week-ends d'octobre seront Witchy ou ne seront pas.

Ni une ni deux, on a foncé direct dans ma chambre pour accomplir notre deuxième charme. J'avais demandé à Chlo de se procurer quelques ingrédients sur la route (elle a pillé le garde-manger de ses parents pour nous trouver de la sauge et un oignon).

Moi : Bon, du coup on fait lequel ? « Pour qu'il/elle ait mauvaise haleine » ou « pour réaliser trois vœux » ?...
Chlo : Rhaaa, le dilemme. Moi, je serais quand même bien tentée par la mauvaise haleine. Ce débile mérite de souffrir un peu. Et on peut garder celui des trois vœux pour un peu plus tard, quand on sera plus fortes.

Moi : JE VALIDE.

(Même pas besoin de re-mentionner sur qui ce sort de mauvaise haleine allait être jeté.)

J'ai lu le sort à Chlo :

À l'encre noire ou au crayon, écrivez sur la peau d'un oignon :
« Par ce sort (nommez la personne), je te le dis : ton haleine sera aussi putride qu'un marais croupi ».
Aspergez l'oignon avec du vinaigre, puis enterrez-le dans un pot et arrosez-le régulièrement. L'haleine de votre bien-aimé(e) cessera de sentir mauvais quand l'oignon fleurira, c'est-à-dire au bout de trois mois environ. Pour briser le sortilège, déterrez l'oignon, coupez-le en petit morceaux et éparpillez ceux-ci dans le vent.

Chlo : Ah, il est simple et efficace, celui-là ! Ça me plaît !
Moi : Surtout qu'on n'aura jamais à briser le sort. Qu'il schlingue à vie, ça me va, personnellement.

Du coup, on a décidé d'aller faire notre rituel directement dans le jardin pour être plus tranquilles, et être prêtes à enterrer l'oignon le moment venu.

Maman (*suspicieuse dans le hall d'entrée*) : Vous allez où, comme ça ?
Moi : Dans le jardin.
Maman : Par ce temps ?!
Moi : On… On…

Chlo m'a regardée, pas plus éloquente que moi sur la raison de cette expédition botanique en plein mois d'octobre.

Moi : On a envie de jouer aux sorcières.

Autant être franches, ça nous fera gagner du temps.

Maman : Emmène ta sœur, elle s'ennuie.

RHAAAA !!
Ça va que Groudoff fait une plutôt bonne assistante.

Maman : Et mets une veste !

J'ai remonté les escaliers à toute blinde, chopé un gilet au pif dans ma chambre, ouvert la porte de la tanière de mon rat des champs, et l'ai trouvée assise sur son tapis en pyjama, en train de passer une collerette en dentelle brodée autour du cou de Tiger les pupilles dilatées au max et les oreilles en arrière (le chat, pas elle), genre pas franchement confiant.

Ma sœur (*fière de son œuvre*) : C'est Tigrette la collerette ! HAHAHAHAHA ! a-t-elle lancé en couvrant l'animal de baisers sonores sur la truffe.

Le félin était bien brave, il n'a pas bronché et a fait patte molle. Une complainte étouffée s'échappait parfois de son gosier en de discrets « mmhhaAAâââaaw », mais rien de plus.
J'ai pensé : « Tire-toi, Tigrette, tant qu'il en est encore temps ! »
Il a profité de l'ouverture de la porte de la chambre pour filer à l'anglaise.

Moi : Allez, Galice, on repart en mission sorcières.

Chlo m'a fait un sourire ému. Elle aime bien ma frangine.
(Mais qui ne l'aime pas ?)

Chaco : OUAIIIIS !!!

Elle a couru ouvrir le tiroir sous son lit.
Un océan de peluches en a jailli, au milieu duquel, en fouillant avec obstination, elle est parvenue à dégoter son morceau de quartz rose.
Tel le rat taupier qui fait des stocks de provisions sous la terre, la sœurette avait enfoui son trésor au milieu de Lavandin l'ours provençal, René le cochon, Nesquik le raton laveur, Peloton le mouton, Félicien le chien, Zaza Disco la caniche, Pifou la souris, Georgio Alberto le tigre, Benjamin l'écureuil de la Caisse d'Épargne et Blanchon le bébé phoque… ni vu ni connu.

Moi : Non non, on n'a pas besoin du quartz, cette fois-ci !
Chaco : Ooooooh…

La tronche qu'elle m'a tirée, j'ai cru qu'elle allait faire une dépression couplée d'une crise cardiaque.

Moi : Bon, ok… prends-le si tu veux. Mais on s'en servira pas !
Mini-pouce : Ouaiiiis !
Moi : Allez, on y va.
Mini-pouce : Attends ! Je prends Phofokeufeu !
Chlo : Fofo que quoi ?
Moi : Phofokeufeu. C'est son mini-phoque porte-clés.
Chlo : Aaah, ok. Cool !

Ce samedi après-midi à 15 h, le Dindon, Groudoff, Phofokeufeu et moi-même étions donc en partance pour notre deuxième sortilège. Et cette fois-ci, c'était un sortilège maléfique.
Faut pas nous chercher des noises, okay ? On ne se laisse pas faire.
#badassGirls

On a décidé de choisir un coin que Maman ne peut pas espionner depuis la fenêtre du salon : à côté du potager, derrière les lauriers, cachées sous le petit muret qui entoure la piscine, puis on a déballé le matériel.
Il y avait un vieux pot de fleurs vide, c'était parfait pour y planter l'oignon. Le temps était parfait : il faisait frais, la lumière était douce et un peu dorée... Un bel après-midi d'automne comme je les aime.

Chlo : Tu vois, Athéna, là on va jeter un mauvais sort pour punir quelqu'un qui se comporte très mal, et qui pense s'en sortir comme ça.
Chaco : C'est quelqu'un de très méchant ?
Moi : Oui. C'est un garçon au collège qui me donne toujours des surnoms hyper insultants, qui me harcèle, et qui même, une fois, m'a craché dessus.
Chaco : Han !!!!

En le disant à voix haute, j'ai eu un peu honte d'avoir aimé ce troll. Franchement... non mais qu'est-ce qui m'a pris de fondre pour un tel goujat carabiné ? Ça me dépasse.

Chlo : Oui, c'est un sale type.
Chaco : Mais pourquoi il t'embête ?
Moi : Je ne sais pas. Il doit s'ennuyer, et se dire que comme je suis moche, c'est...
Chlo : Arrête de dire ça, Cléo ! Tu n'es PAS moche, tu n'as jamais été moche. Il ne faut pas que tu le laisses t'atteindre comme ça.
Chaco : NAN, Cléo, t'es pas moche, t'es trop belle ! m'a dit la frangine en me faisant un câlin.

La larmichette m'est presque montée.

C'est fou quand même !
Je me suis tellement entendu dire matin et soir en continu que j'étais un thon, un cageot, un boudin, une moche, une plate… que je ne me suis plus vraiment regardée. CERTES, j'ai découvert quelques zones pileuses pour le moins inattendues sur mon anatomie…
Mais suis-je vraiment si laide que ça ?

Moi : S'ils me le disent tous, c'est bien qu'il y a du vrai.
Chlo : Ils me le disent aussi. Ils le disent aussi à Laure, à Joey, à Maria. Ils sont stupides, et ils veulent nous blesser, c'est tout.
Moi : Mais toi, tu es trop belle, c'est normal, ça peut pas t'atteindre.
Chlo : Moi, trop belle ? Hahaha !
Moi : Ben, c'est vrai. Je suis trop fière que tu sois ma meilleure amie, parce que tu es cool, belle et drôle.
Chlo : C'est ce que je pense de toi aussi. Et jamais de ma vie je ne t'ai trouvée moche.
Moi : Même là ? je lui ai dit en faisant une ugly face de haute compétition.

Fou rire.
Avec Chlo on a cette tradition de faire des concours d'ugly faces, le plus souvent via selfies interposés. On essaie d'être la plus moche possible sans pour autant faire une grimace : on recule la tête pour avoir un double menton, on louche, on décoiffe nos sourcils, on met nos cheveux derrière les oreilles… Bref, c'est un vrai art, et on adooooore gâcher des photos de groupes en faisant les moches sans prévenir.
(Haha !)

On s'est prises dans les bras, et on s'est promis de se venger de ce ragondin prétentieux qui m'a fait perdre confiance en moi.

On a écrit la formule sur l'oignon, et Chlo a sorti le vinaigre pour l'asperger.

Chlo : On n'avait que du balsamique… J'espère que ça marche quand même.
Chaco : Je dois mettre la pierre quand ?
Moi : Non, je t'ai dit qu'on n'avait PAS besoin de la pierre. C'est une pierre d'amour, le quartz rose, et là on veut faire un sortilège de vengeance.
Chaco : Ah, oui !

Pfff, c'est quand même pas simple de jeter un sort maléfique avec sa mini-sœur de 7 ans.

On a récité la formule à voix haute toutes en chœur (enfin, Athéna était un peu à la traîne et ça sonnait comme un vieux stéréo mal réglé, mais je me suis dit que ça ferait l'affaire). Une fois, le maléfice lancé, on a commencé à creuser le sol pour récupérer de la terre et planter l'oignon avec, dans son pot. On s'y est mises avec des bêches et des pelles piquées dans la cabane de jardin de Maman, et j'avoue que ça défoulait un peu de malmener le sol.

Tiger nous a rejointes, curieux. Il portait encore sa collerette en dentelle.

Chaco : TIGREEEEETTE !

Il s'est approché de nous et a commencé à renifler puis creuser la terre lui aussi, du bout de sa moufle blanche.

Moi : Psccchiiiit, Tiger, laisse-nous ! Allez !! File !!

Dix minutes plus tard c'est Flutiou qui est arrivé, mode fouine activé, et les deux se sont assis face à nous l'air inquisiteur.

Moi : C'est pas possible d'avoir des commères pareilles pour chats.

Lorsqu'on a rempli le pot de terre, Chlo a pris l'oignon et me l'a donné.

Chlo : Tiens : c'est toi qui devrais le faire. C'est ton sort.

J'ai enterré l'oignon en pensant très très fort à cet abruti qui me gâche la vie depuis deux ans.
Je voulais que ses cheveux tombent, que ses dents soient jaunes et qu'il pue des pieds. Mais on s'en est tenues au charme : j'ai PRIÉ pour que son haleine soit si fétide qu'il tombe dans les pommes en bâillant le matin.

Chlo : Faudra bien que tu penses à l'arroser pour qu'il pousse.
Moi : T'inquiète, je ne risque pas d'oublier.
Chaco : Oh NON, Tiger !!!!!
Moi : Quoi ??

Je me suis retournée : Tiger était en train de poser une pêche dans le trou que nous avions creusé.
Accroupi, la queue relevée et les guiboles tremblotantes, il nous fixait en coulant sa céleste praline.

Chlo : Je rêve ou il fait caca dans notre réserve de terre ??!
On s'est regardées un instant.
Moi : Le caca, ça fait un bon engrais, non ?

Petit silence méditatif dans le groupe.

Soucieuse de la bonne réussite de mon sort, et de l'apaisement social qui devrait en découler s'il fonctionne, j'ai enfilé un gant de jardinage qui traînait là, arraché une grande feuille de laurier, et suis allée récupérer la crotte encore chaude. Je l'ai ajoutée au terreau frais, et j'ai touillé avec un bâton. Puis j'ai recouvert le tout d'une poignée de terre propre, et j'ai aplati mon œuvre proprement.

Moi : Voi-là. Si lundi il ne pue pas du bec à dix kilomètres à la ronde, je démissionne.

Ce qu'il ne faut pas faire pour trouver un semblant de tranquillité au collège.

Lundi 10 octobre

18 h 00

Clément était absent aujourd'hui !!!!

Je crois qu'on devient un peu trop puissantes. Si ça se trouve c'est à cause de notre sort ???

#WitchPower <3 <3 <3

18 h 02

Je suis sûre que c'est grâce au caca de Tigrette.

18 h 03

Les sorcières ont toutes des chats.

Si ça se trouve, c'est LUI qui est maléfique, et qui a des pouvoirs.

Il me regarde souvent bizarrement, le soir, avec ses yeux jaunes de serpent.

18 h 04

D'ailleurs, quand j'y pense, il me fixe souvent, sans rien faire. L'autre jour, je me suis réveillée en pleine nuit et il était sur mon lit, assis, en train de me fixer.

Je croyais qu'il était un peu stupide, mais si ça se trouve il m'observe et me jette des sorts…

18 h 05

Je ne donnerai plus jamais de croquettes à ce malade satanique.

Mercredi 12 octobre

En sortant de chez la dentiste.

15 h 00
Si quelqu'un dans le monde s'acharne à me jeter des sorts de malchance, alors ça marche :
Je viens d'apprendre la pire nouvelle du monde.

JE VAIS AVOIR UN APPAREIL DENTAIRE.

Voilà. Une voie ferrée sur les chicots, un grillage buccal, une autoroute sur le sourire.
Achevez-moi.

Le bon côté des choses, c'est que Clément n'est toujours pas revenu, il paraît qu'il a une grosse angine.
PAAARFAIT. Il y a quand même une justice.
Je persiste à penser que notre sort n'y est pas pour rien. Faudra que je veille à bien continuer d'arroser mon oignon régulièrement.

15 h 30
Quand j'ai dit à Papa par SMS que j'allais avoir un appareil, il m'a répondu :

`Chouette, tu seras ma petite Iron Man !`

(Iron = fer. Fer, ferraille, appareil dentaire… LA LOURDEUR !!!)

Iron WOMAN, déjà. Merci.
Humour paternel moisi.

15 h 35

`Allez, Cléo t'en fais pas. Tu vas t'y fer.`

JE VAIS LE TUER !!!!!!!!!!!!!!!!!!!!!!!!!!!!!!!!!!!!

15 h 38

Je tiens quand même à rappeler que c'est ce même père qui m'appelait « Cléo le casto » à cinq ans et demi parce que j'avais les dents en avant.

Et on s'étonne que je sois complexée.

Vendredi 14 octobre

Vacaaaaaances !

22 h 12
Dans mon lit

OH MY GOD !!!
NOUVELLE DE LA SEMAINE : CLYDE FAIT UNE SOIRÉE HALLOWEEN !!!!

Il a dit à tout le monde en intercours qu'il allait faire une soirée déguisée le samedi 29 octobre, et que toute la classe était invitée. Ça sera dans une salle des fêtes pas loin de l'école. AAAAAAH !!!!

Du coup on a fait une réunion d'urgence sous les cèdres (notre QG) cet aprèm avec les filles.

Maria : Vous croyez qu'il y aura Thomas ?
Chlo : Museau.
Maria : Oui, pardon, Museau…
Laure : Oui, il devrait être là, à moins qu'il ait peur de se faire trop emmerder. Il n'a toujours pas de potes…
Joey *(à Maria)* : T'en es où toi, d'ailleurs ? Tu ne devais pas lui demander de sortir avec toi ?
Maria : Je… j'ai pas osé…
Laure : La fête sera le lieu parfait pour le faire, s'il vient !
Maria : Mmpphhfff ! (*Elle rougit*)
Moi : Bon, le plus important est de savoir : EN QUOI SE DÉGUISE-T-ON ??

Chlo : Ça serait tellement cool de faire un déguisement de groupe. Un truc qui fonctionne à 5 !!
Laure : Euuuh, ouais mais moi, je pensais me déguiser en Mérida, dans *Rebelle.*
Moi : T'étais pas déjà comme ça, l'année dernière ??
Laure : Non, j'étais en Hermione.
Moi : Ah, pardon.
Joey : Non, mais j'avoue, Chlo, un costume de groupe ce serait tellement drôle !!
Moi : Il faut qu'on y réfléchisse parce que tout ce qui me vient pour l'instant c'est le Scooby Gang.
Chlo : Ou les Spice Girls…
Laure : Je suis GERI !!!
Moi : Oui, oui, ça va, on a compris : s'il y a une rousse, on te la laisse.
Laure : Ben quoi, c'est trop bien comme thème, une héroïne rousse chaque année.
Moi : Ben, si tu veux on fait *Shrek*, et je te laisse Fiona ! Version troll, sinon on ne va pas comprendre.
Laure : Hinhin, très drôle.
Chlo : Moi, je veux bien faire l'âne.
Laure (*à moi, visiblement vexée*) : Non, je ferai le chat Poté. Il est roux, lui aussi.
Joey : Moi, je peux faire Charmant.
Moi : C'est moi ou on tient un truc, là ?… Maria ? Ça t'inspire ?
Maria : … Je… je veux bien faire P'tit Biscuit.
Moi : COOL !!

Le groupe s'est félicité et s'est tapé dans les mains.

Moi : Attendez… Si j'ai bien compris, je suis Shrek, c'est ça ?

Pourquoi il faut que je lance ce genre d'idée ? Je SAIS que ça me retombe toujours dessus. Fallait que je rattrape ma bourde avant que tout le monde ne se projette et que je ne puisse plus faire marche arrière, et me retrouve à devoir séduire Clyde en ogre vert ventripotent.

Moi : Sinon ! Autre idée non négligeable : LA FAMILLE ADDAMS !!!

Les filles m'ont regardée, intriguées.

Moi : Ben oui, encore mieux ! Y a Gomez, Morticia, Mercredi, son frère Pugsley, l'Oncle Fétide, la chose… Cousin machin, tiens Laure, toi qui veux un truc avec des cheveux. Hahaha. Et puis c'est beaucoup plus… Halloweenesque, quoi.
Chlo : MAIS OUI, GÉNIAL !!!
Laure : Je fais Morticia !
Joey : Je fais Oncle Fétide !!
Chlo : Moi, je veux bien faire Gomez.
Moi : Maria ? Tu veux faire qui ?
Maria : … Mmmh… Mercredi, je… je l'aime bien. Puis, j'ai les cheveux noirs, du coup… c'est cool, j'aurais qu'à…
Moi : VENDU !!! Je fais La Chose !!!

YESSS !!!!!!!

22 h 16
Je vais me déguiser en main. HAHAHAHAHAHAHAHA HAHA !!!
J'ai SI HÂTE !!

22 h 17
Je viens de jeter un œil rapidos à Google image pour voir ce qui avait déjà été fait : ben c'est pas folichon. Va falloir coudre.

22 h 18
Ah, et il va aussi falloir que j'aie L'AUTORISATION PARENTALE – comprendre maternelle – de sortir à plus de 30 mètres de la maison, LE SOIR, avec d'autres jeunes de mon espèce, pour célébrer une sombre citrouille maléfique.
Rien de moins sûr.

22 h 20
Attendez une petite minute… Le samedi 29… C'est dans deux semaines… DONC JE SERAI CHEZ PAPA !
Dois-je prendre le risque de demander d'abord à l'autorité militaire-maternelle son approbation, ou puis-je tenter une dissimulation en bonne et due forme, à grands coups de complicité paternelle, et ne rien dire à ma génitrice ?…
La question reste entière.

22 h 25
Enfin, si elle me voit confectionner un costume de main d'1 m 70, elle va probablement se douter de quelque chose.

22 h 28
Purée.
Une soirée.
Avec Clyde.
Dans la même pièce que moi.
Le soir.
Avec de la musique.

Mon cerveau s'emballe déjà.
AAAAAAAHHH !

22 h 30
J'espère que je serai plus éloquente que quand j'ai croisé Thomas à la Fête de la pomme.
J'ai un peu de mal à coordonner pensées internes et interactions sociales.
C'est comme si mon cerveau partait en roue libre à l'intérieur de mon crâne, et qu'il laissait ma bouche faire tout le boulot, ce qui donne plus d'onomatopées improbables que de phrases séduisantes et construites.

22 h 35
S'ils passent un petit Lady Gaga, avec Chlo, on donnera tout.
On connaît trois chorés par cœur, et ça fait toujours son petit effet quand on les enchaîne en mode ultra synchro.

22 h 40
Est-ce que les mecs aiment les filles qui dansent sur du Lady Gaga en costume de main ?

22 h 45
Les mecs intéressants, oui.

22 h 48
AAAAAAAAAAHHH !!

Lundi 17 octobre

14 h 08

Premier jour de vacances.

On est allées acheter du tissu avec Chlo pour commencer à coudre mon costume. La base sera une combinaison couleur chair que j'avais en doublure d'un vieux déguisement de sirène : c'est une sorte de tube moulant avec deux jambes beiges : y aura plus qu'à coudre sur les bras et les jambes des sortes de boudins pour qu'ils ressemblent à des doigts, et en rajouter un cinquième. Sur la tête ?

J'AI HÂTE !

15 h 30

Pour l'instant les recherches d'idées de conception du costume sont un peu bancales :

Idée 1 :

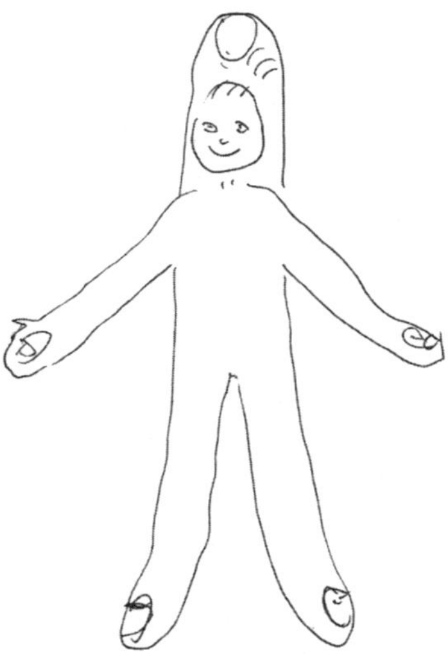

Idée 2 :

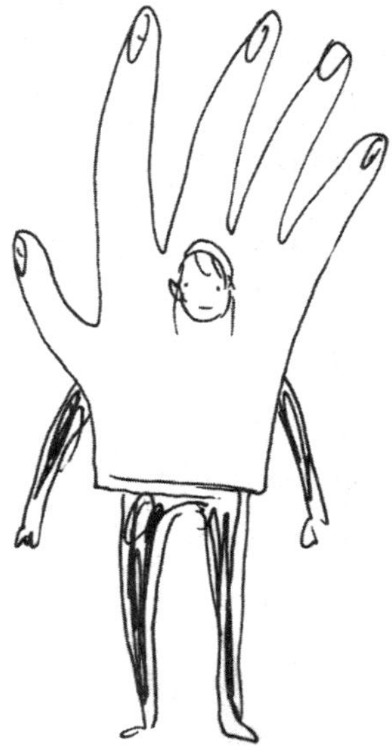

Personnellement je partais plutôt sur l'idée 1, car j'aimais bien le concept de la cagoule/pouce. Mais Chlo a peur que ça ne fasse pas assez « main ».
Sauf que l'idée 2 me paraît ultra compliquée à réaliser.

Chlo : Mais siiii ! On achète de la bourre de coussin, et on te fait une grosse main en mousse.
Moi : Je sais pas… Je… je le sens pas.
Chlo : Au pire si on n'y arrive pas, on t'habille tout en noir avec une cagoule, et tu poses juste une main en plastique sur ta tête ou ton épaule !
Moi : Pfff, mais dans quoi je me suis encore lancée ?! Je ne pouvais pas être en sorcière, comme tout le monde ?
Chlo : Tu aurais préféré crever que d'être habillée comme tout le monde.
Moi : C'est vrai.

Chlo : Attends, on va avoir la meilleure idée de costume, les trucs de groupe c'est toujours beaucoup plus drôle.

Elle a raison.

Moi : Tu penses que je fais les ongles en feutrine ou en papier mâché ?

20 h 12
Les premiers essais ne sont pas franchement encourageants. Mais on a encore deux semaines pour se perfectionner.

Mercredi 19 octobre

19 h 00
Yes yes yeeeeeeeeeeees ! Chlo a pu rester dormir **deux soirs de suite**, WOUHOU, la magie d'Halloween résonne à plein tube et a probablement ramolli le cerveau de chien-policier de ma génitrice : c'est du jamais vu ! Même pas eu besoin de mettre à profit un sort pour la faire plier, ni de mentir, ni d'échafauder un plan machiavélique pour la coincer ou d'utiliser le chantage affectif…
Elle vieillit.

On est allées arroser notre oignon dans le jardin, au cas où l'autre nazebroque serait déjà guéri de son haleine de poney. Pour le moment, rien ne pousse, mais dans le livre ils disent que ça peut prendre trois semaines.
Je guette.

Et ce soir, on va relancer notre opération MCIDV : Mission-Commando-Identité-Des-Voisins.

Mme Rambucheau reçoit des invités ce soir, mais en intérieur cette fois-ci.
J'ai dit à Chlo que si on arrive à grimper dans le laurier qui trône devant ses poubelles, on aura une vue prenante sur sa cuisine, son salon et sa chambre.
Il n'en fallait pas plus pour la convaincre.
On va s'habiller et je raconterai si on a réussi à voir des trucs intéressants (je sais que non, mais j'adore espionner les gens).

Jeudi 20 octobre

00 h 20
NOM D'UN PETIT BONHOMME EFFAROUCHÉ !!!

J'ai pas eu le temps de raconter hier soir, il fallait d'abord qu'on débriefe toute la nuit avec Chlo ce qui s'est passé.
Elle est partie ce soir, et il faut que j'en parle, tellement c'est ÉNORME.

Hier soir, alors qu'on était en train d'espionner Mme Rambucheau et ses invités par la fenêtre du haut de la cime d'un des lauriers du local à poubelle, nous avons…

00 h 42
RhhhAAA !
Maman s'est permis de M'INTERROMPRE en ouvrant la porte d'un coup (je suis sûre qu'elle a marché tout doucement exprès pour que je ne l'entende pas venir, la traîtresse !) en criant :

Maman : Cléopâtre !! Tu peux me dire ce que tu fais encore réveillée à cette heure-ci ?
Moi : Mais c'est les vacaaaaances !
Maman : Demain, on a rendez-vous chez l'ophtalmo à 9 h 30, je te signale. Tu vas être crevée ! Alors, tu m'éteins tout de suite cette lumière.
Moi : Ben et toi, tu vas pas être crevée ?
Maman : Je n'ai pas le même rythme de sommeil que toi : je te signale que je suis debout tous les week-ends à 8 h du matin. Tu veux en faire autant ?

Moi : Gnnnmmpffhh.
Maman, Allez, hop ! Extinction des feux. Et que ça saute.

Mais ce qu'elle ne sait pas, c'est que j'ai mon super-stylo qui s'allume dans le noir ! Yiihhaaaa ! Je suis la ninja de l'écriture, mouhahahaha. Même plus besoin d'électricité.

JE DISAIS DONC (premier test d'écriture dans le noir) :
Hier soir, on avait réussi à grimper un peu haut dans les lauriers pour se caler et espionner Mme Rambucheau, qui recevait des gens de sa famille pour un petit apéro dînatoire. On n'a pas vu grand-chose avant un moment parce que les feuilles cachaient pas mal de détails, et que tout le monde était dans un coin de la maison qui n'était pas visible depuis notre observatoire. Quelle idée de faire une réunion de famille loin des fenêtres, franchement ? Je voyais Mme Rambucheau faire des allées et venues dans la cuisine (pièce qui était-elle, face à nous), et repartir dans le salon avec des plateaux de trucs non identifiables dans des verrines – mais qui me donnaient quand même super envie.

Moi : T'as pas faim ?
Chlo : Si.
Moi (*fouille fouille*) : Tiens ! J'ai pris des noix et un morceau de beaufort pour qu'on reprenne des forces.
Chlo : Perfectioooon !

Et alors qu'on enfournait nos morceaux de frometon en ne faisant plus DU TOUT attention à quoi que ce soit, on a entendu la poubelle JUSTE SOUS NOS PIEDS s'ouvrir. Quelqu'un dont on ne voyait pas le visage venait de jeter un sac et de refermer bruyamment le couvercle, à quelques centimètres de nos baskets et combinaisons de camouflage.

On a eu le souffle coupé, et j'ai failli m'étouffer avec ma dernière bouchée de fromage.
On s'est immédiatement figées, tels les singes masqués ou les hiboux prédateurs qui savent disparaître élégamment dans le noir de la nuit.
Mais notre immobilisme n'a pas eu l'air d'être au point, puisque j'ai entendu un timide :

– … C… Cléopâtre ? C'est toi ?…

J'ai immédiatement reconnu sa voix.
C'était MUSEAU !!!

Tout ça n'avait aucun sens.
Vite, réagir, dire un truc, trouver une raison logique à notre présence en haut d'un arbre un soir d'octobre, au-dessus des poubelles, en tenue de combat, des jumelles dans une main et beaufort dans l'autre.
On s'est regardées paniquées avec Chlo, et dans ma tête je lui ai hurlé :

– Mais QU'EST CE QU'IL FOUT LÀ ???

Et je crois qu'elle m'a répondu :

– Mais J'EN SAIS RIEN, C'EST COMPLÈTEMENT DINGUE !!!

Obligée de trouver vite quoi répondre.

Moi : Hey ! Salut, tu veux du beaufort ?

Pourquoi grand Dieu, pourquoi faut-il que je communique

avec d'autres êtres humains si c'est pour sortir des nullités pareilles.

Museau : Heu, non, ça va... Qu'est-ce que vous faites, au juste ?
Moi : Gnnnhppfffmmmgggnnnh. Noule. Hahaha !
(« NOULE » ??!)
Chlo : On... on prépare un exposé en SVT. On étudie la vie nocturne des... des...
Moi : Des hannetons !!! » j'ai lancé, avec un peu trop d'enthousiasme pour être crédible.
Museau : C'est pas plutôt en été, les hannetons ?
Chlo m'a regardé d'un air accusateur. Je savais qu'elle pensait « Putain Cléo, t'as tout gâché ! »
Moi : Ben justement, c'est ce qu'on était en train de conclure.
Museau : En mangeant du fromage dans un arbre, donc.
Moi : ... Et des noix !
Chlo (*dans sa barbe – qu'elle n'a pas, je précise*) : Tais-toi !!!
Museau : Ok. Cool !

Puis du haut de ma branche, je me suis lancée dans une tirade improvisée.
De mémoire, je lui tins à peu près ce langage :

– Mais, tu que ?... Enfin c'est la nuit, et puis... c... c'est ma maison, enfin non techniquement c'est le local à poubelles de Mme Rambucheau, ou plutôt celui de tout le monde en fait, donc je suis dans mon droit le plus entier d'être ici vu qu'on est dans une copropriété, donc euh, et puis, voilà. Bon. On peut dire qu'en un sens, c'est aussi un peu chez moi, et que quelque part, là t'es chez moi, je veux dire... du coup...

Chlo a pris sa tête dans ses mains, je le sais, je ne l'ai pas vue, mais je le sais. Elle a assisté au carnage comme moi, impuissante que j'étais, le cerveau parti en vacances et moi, pauvre témoin passif de ma bouche qui débitait énormité sur énormité sans que je puisse agir. Le tout avec une haleine de fromage.
Heureusement, double point positif, nous étions dans l'obscurité ET en hauteur. Du coup, il ne devait ni voir ma tête cramoisie ni humer le doux fumet sortant de ma bouche.
J'avais chaud et froid et je crois que je tremblais un peu, du coup ma voix chevrotait et partait dans les aigus à des moments complètement aléatoires, genre en plein milieu d'une phrase.

Au secours.

Soudain, Mme Rambucheau a sorti la tête de la fenêtre et s'est écriée :
– Bon Thomas, tu t'es perdu, mon grand ? Viens, on commence le salé !

Museau : J'arrive, Tatie !

TATIE ????!!!!!!???!!!!!

Museau : Bon, ben, je vous laisse je dois y aller. Bonne soirée ! Et allez-y doucement sur le fromage.
Moi : Ben ouais, attends, on voudrait pas avoir de problèmes. J'ai entendu dire qu'il y avait pas mal de gangs de souris dans le coin.

Il était déjà parti.
DIEU MERCI.

Moi : T'AS ENTENDU CE QUE J'AI ENTENDU ???
Chlo : Tu parles de l'histoire du gang de souris qui va me mettre mal à l'aise pour les dix prochaines années, ou du fait que Thomas est juste le NEVEU DE MME RAMBUCHEAU ???!
Moi : LES DEUX, MON CAPITAINE !!!!

C'était la MCIDV la plus INCROYABLE de toutes nos MCIDV. Y avait même pas assez de temps dans toute la nuit pour réaliser ce qu'il venait de se passer.
On est rentrées à toute blinde chez moi et on s'est enfermées dans ma chambre pour débriefer.

Chlo : T'as du fromage dans les cheveux.

J'étais reconnaissante une seconde fois en mon for intérieur du fait que cette scène ait eu lieu la nuit. J'ai mangé le petit morceau gluant qui pendait au bout de ma frange, et j'ai dit :

Moi : Non mais, on nage en plein délire. Ça voudrait dire que Museau est génétiquement LIÉ à Mme Rambucheau (dans ma tête : « Il fait peut être partie de la même espèce d'êtres humains-singes-velus que moi ». Rapport au mono-sourcil de Mme Rambucheau et son potentiel gène pileux héréditaire). Ce qui veut dire que DU COUP, je suis amenée à pouvoir le croiser ICI, CHEZ MOI ???
Chlo : Comment ça se fait que tu ne l'aies jamais vu avant ?
Moi : Mais j'en sais RIEN ! Je n'ai jamais vu aucun mec de mon âge dans les parages, je l'aurais remarqué, je passe mon temps à espionner la Rambuche !
Chlo : En même temps, c'est un nouveau au collège. Donc, il n'habitait sûrement pas ici avant septembre.
Moi : Tu crois qu'il vit ici ???

Chlo : Non, il avait l'air d'être là en invité… Enfin je crois. En même temps, j'ai pas vu ses parents.
Moi : Mais enfin CHLO, rends-toi compte de la gravité de la situation !! Je te rappelle que je vais chercher le courrier en PYJAMA PETIT PONEY LE DIMANCHE !!!!
Chlo : Je sais.
Moi : Et le plus souvent en pantoufles !!!
Chlo (*soupire*) : Je sais.
Moi : Et pas les pantoufles à thème marrantes genre tête de lapin ou de dinosaure. Pas les pantoufles décalées et cools qu'on voit dans les films d'ados geeks fun. Non, je te parle des pantoufles BASIQUES, du CHAUSSON ultra premier degré, en velours avec un nœud et une semelle antidérapante, genre les pantoufles que ma mère achète en double, assorties aux siennes.
Chlo : Ta sœur porte des kroumirs, c'est pire, si on va par là.

Qu'est-ce qui ne tourne pas rond dans ma famille, au juste ?

Vendredi 21 octobre

11 h 00

De retour de chez l'ophtalmo.

Chaco et moi, disons-le, on ne voyait pour ainsi dire que dalle malgré la géante paire de jumelles assorties de loupes articulées posées sur nos mirettes. Mais Maman, elle, énumérait fièrement chaque lettre de loin, comme Laure quand elle récite sa leçon debout avec un air satisfait.

Elle a même demandé au docteur si elle pouvait afficher les lettres encore plus petites, alors qu'elle avait déjà 12/10 à chaque œil.

Maman : Non mais allez-y, juste pour voir !

Ophtalmo : Madame, vous avez déjà une vision parfaite.

Maman : À mon âge, ce n'est pas si courant. Je sais lire de près aussi, vous savez, sans lunettes !

La génétique est vraiment cruelle parfois.

J'aurais pu hériter de sa vision d'aigle, de ses chevilles fines, de ses seins, de sa non-pilosité ou de ses pommettes.

Mais non.

Au lieu de ça je me coltine la myopie, le pif et le menton de Papa.

Au moins je ne suis pas seule dans mon malheur, la frangine est dans le même pétrin. Je crois qu'elle n'était même pas sûre qu'il s'agissait de lettres.

Mais cela n'a-t-il pas plutôt un rapport avec sa compréhension farfelue du monde ?

Elle a juste répondu « je suis un serpent » quand le docteur lui a demandé ce qu'elle lisait sur le panneau, donc j'imagine que le souci est plus grave.

11 h 15

J'ai réitéré ma demande de porter des lentilles plutôt que mes affreuses lunettes, mais Maman m'a ressorti son vieil argument injuste et dictatorial :

– Tu n'es pas assez méticuleuse et ordonnée pour prendre soin de lentilles. Montre-moi que tu es responsable en rangeant ta chambre et en nettoyant votre salle de bain, et on verra ensuite.

LE RAPPORT ?!

J'ai eu beau lui rappeler que j'allais porter un appareil dans moins d'un mois, et que j'avais peut-être une fois dans ma vie envie d'être un peu aidée par la nature, elle n'a pas plié.

– Il n'y a pas que la beauté dans la vie, Cléo.

Marrant, venant de quelqu'un qui a été mannequin et qui a rencontré l'amour de sa vie sur coup de foudre physique dans la rue.

11 h 16

Cela dit, cette entrevue ophtalmique ne m'a pas aidée à y voir plus clair sur le mystère Museau.
Était-il encore là ? Est-il déjà venu ici avant ? M'a-t-il déjà vue sans que je le voie ??
Dans le doute, quand on est sorties par le portail qui longe la maison de Rambuche ce matin, j'ai mis du gloss et enfilé mes Vans.

ON NE SAIT JAMAIS.

(D'ailleurs je précise qu'en réalité ce n'était pas du gloss vu que je n'ai pas le droit de me maquiller, mais de l'homéoplasmine piquée dans l'armoire à pharmacie de Maman.)

Samedi 22 octobre

Pas de trace de Museau.

Dimanche 23 octobre

19 h 45

Discussion de groupe sur Facebook avec la team.

Maria : Alors, à ce qui paraît, t'as vu Museau devant chez toi ?!
Moi : Yeah, BABAY.
Maria : Oh, la chanceee ! <3 <3 <3
Laure : Mais qu'est-ce qu'il faisait là ?
Moi : *gif animé d'un panda qui hausse les épaules*
Maria : … Tu lui as parlé ?
Chlo : *Gif animé de Bob l'Éponge qui a un fou rire*
Moi : *Gif animé d'un T. Rex en tenue de cowboy qui tire avec ses deux pistolets*
Laure : Bon, arrêtez avec vos gifs, là, c'est lourd.
Joey : Vous faisiez quoi quand il est arrivé ?
Moi : *gif animé de Jean-Claude Van Damme avec un maquillage de camouflage, qui sort la tête de derrière un mur*
Laure : ?…
Chlo : On espionnait la voisine.
Moi : *gif animé d'un mec avec une citrouille sur la tête qui espionne derrière des branches de sapin*
Laure : ARRÊTE avec tes GIF.
Moi : *gif de Joey dans Friends qui dit sorry en mimant des guillemets*
Joey : Mouhahaha !
Laure a quitté la conversation
Moi : Rholala, toujours autant d'humour.
Maria : Du coup, vous nous racontez ?!! Il était beau ?
Chlo : Bah…
Moi : Il faisait nuit.
Maria : Ouais, mais il est si beauuuuu ! *autocollant Power ranger qui fait un cœur avec sa main*
Joey : Maria est in love.

Maria : Non mais oui enfin il est chou quoi.
Chlo : Il a eu l'air d'aimer notre thématique hannetons-beaufort. Il a dit « cool » à un moment, je crois.
Maria : Beaufort ?
Joey : Mais du coup c'est ton voisin alors ?
Moi : *gif animé de Nicki Minaj qui hausse les épaules*

QU'EST-CE QUE J'EN SAIS, MOI ?!!

Chlo : Ah, au fait, les filles, vous êtes bien toutes là le 31, hein ? Je vous rappelle que moi aussi je fais ma soirée d'Halloween : mais juste nous cinq, deux films d'horreur et une mission voisins-bonbons, à l'ancienne.
Joey : YEAAAH !
Maria : YEAAAAH !
Moi : YEAAAAAAAAAH !
Chlo : Comme ça on débriefera la soirée de Clyde.
Moi : Comment ça avance vos costumes, by the way ?
Joey : J'aime tellement le mien que j'ai envie de le porter au collège.
Moi : T'es pas censée être chauve, vu que t'es Oncle Fétide ?
Joey : Si ! Mais le GAIN DE TEMPS, t'imagines même pas. Un collant couleur chair sur la tête, et basta.
Moi : La vie.
Chlo : Moi, j'ai déjà le pantalon rayé de Gomez, piqué à mon oncle. Il me manque plus que la perruque et une veste. Mais toi-même tu sais puisqu'on était ensemble, Cléo.
Moi : Et toi, Maria ?
Maria : …………………………… *Maria est en train d'écrire*

15 min plus tard

Maria : … Tu penses qu'il sera déguisé en quoi, Thomas ?

Cette fille vire un brin obsessionnelle.
C'est gênant.

Mardi 25 octobre

13 h 00
Chez Chlo

OH MON DIEU OH MON DIEU OH MON DIEU, la soirée est dans seulement 5 jours et mon costume n'est pas du tout prêt.

Chlo : On tient quelque chose, là, non ?

On a essayé de fabriquer des doigts à part qu'on a tenté de raccrocher au costume ensuite. Résultat, j'ai quatre vieux boudins mous qui pendent de part et d'autre de mon corps, je ressemble à une vieille chamelle aux mamelles pleines.

Moi : Peut-être qu'avec la cagoule-pouce ce sera plus parlant ?…

On a abandonné et on est allées regarder *Conjuring* pour noyer notre chagrin.

19 h 30
De retour à la maison

Le retour des corvées.

Maman : Cléo, va dans le jardin nous chercher du thym et du romarin. Jean-Mi nous cuisine un rôti.
Moi : Je pensais plutôt rester dans ma chambre et lire, en fait.
Maman : S'il te plaît, Cléo.

C'est marrant, on me bassine avec l'indépendance, la prise de

décision, l'émancipation, la responsabilisation, tout ça, mais de son côté dès qu'il s'agit de prendre une initiative, il n'y a plus personne. Il faut toujours qu'elle m'envoie à sa place. « Va choisir des courgettes au rayon légumes », « vérifie que ta sœur a bien pris son Mucomyst », « va vider la caisse des chats », « sors les poubelles »…
Il semblerait qu'à part travailler, nous nourrir, tenir la maison et nous élever, elle ne fasse quand même pas grand-chose.

J'ai enfilé les bottes de Jean-Mi qui traînaient devant la porte d'entrée et je suis partie en mission herbes aromatiques. Flutiou m'a suivie, c'est déjà ça.

– Viens, ma Flutaline dorée.

J'ai coupé une longue tige de pissenlit et l'ai fait jouer en descendant dans le jardin. Puis, j'ai marché sans le regarder et, brusquement, je me suis retournée et l'ai fixé droit dans les yeux. Les chats détestent ça : du coup, on s'affronte et j'attends de voir s'il baisse les siens en premier. Et évidemment, suprématie de l'être humain oblige, je gagne toujours à ce jeu-là.
Il courait comme une petite chèvre à travers les herbes hautes, alors je l'ai poursuivi en criant :

– La Flûuuuuuteuuuh ! Mon phoque d'argeeeent, attends-moiii !

Les Chevassiaux étaient sur leur terrasse en train de dîner. Oups. Il y avait des témoins.

Moi : Bonsoir !
M. Chevassiaux : Bonsoir !

Mme Chevassiaux : Bonsoir !

Dans mon dos :

– Bonsoir !

HEIN ?? ?
Museau était derrière moi, assis sur le muret en pierre qui sépare le jardin des Chevassiaux de celui de Mme Rambucheau, un bouquin dans les mains.

Museau : Le phoque d'argent va bien ?
Moi : C'est mal d'espionner les gens, lui ai-je lancé en tentant de me redonner une contenance, après un saut en arrière de surprise.
Museau : Tu en sais quelque chose.
Moi : C'est mal d'espionner les gens SI ils s'en rendent compte. Ça les met dans l'embarras et ça les terrorise. Moi, je reste toujours très discrète, quand je décide d'aller épier une victime.
Museau : En mangeant du beaufort dans un laurier en combinaison camouflage par exemple ?
Moi : Précisément.

Non mais, le culot du type !

Moi : Et on peut savoir ce que tu fais dans mon jardin ?
Museau : Officiellement, c'est « mon » jardin. Ta zone se termine cent mètres plus loin.
Moi : Comment ça, « ma » zone, comment ça « TON » jardin ??
Museau : Nous sommes dans le jardin d'Edwige. Et Edwige est la sœur de ma mère : donc techniquement…
Moi : Edwi !!!!…

J'ai retenu un fou rire parce que présentement, je ne pensais qu'à la chouette de Harry Potter.

Moi : …Tu veux dire Mme Rambucheau ?
Museau : Ouaip.
Moi : Et donc, c'est vraiment ta tante ??
Museau : Ouaip.
Moi : … T'es sûre que c'est pas ta grand-tante plutôt ?…
Museau : Elle a l'air vieille, mais elle n'a que 50 ans.
Moi : Ouaouh.
Museau : Et oui, je sais, elle s'appelle comme la chouette d'Harry Potter.
Moi : J'ai rien dit !
Museau : Mais tu l'as pensé.

Il a pris option Voyance renforcée au collège, ou quoi ?

Moi : Et euh… Pourquoi tu vis chez ta tante ?
Museau : Ben… Mes parents sont… comment dire… un peu en froid en ce moment. C'est… Enfin, c'est pas hyper facile à la maison. Du coup, ils ont préféré « m'épargner » en me foutant ici.
Moi : Aïe. Elle est pas sympa la Rambuche ? Enfin, pardon, Edwige ?…
Museau : Si, si, elle est très gentille. Mais elle vit seule depuis des années, et c'est pas toujours évident de trouver sa place, elle a ses petites habitudes.
Moi : Comme jardiner topless ou regarder *Les Experts.*
Museau : ??… Faut vraiment que t'arrêtes d'espionner les gens, toi.
Moi : ….
Museau : ….
Moi : … Et tu es là depuis combien de temps ?
Museau : Ça fait seulement deux semaines.

Moi : Et… Qu'est-ce qui se passe alors, avec tes parents ?…
Museau : En fait, je dis « mes parents », mais c'est ma mère et mon beau-père. Mon « vrai » père je ne l'ai pas tellement revu depuis mon enfance…
Moi : Ah oui, comme tu le racontais dans ta rédaction…
Museau : Oui, voilà.
Moi : Elle était chouette d'ailleurs.
Museau : Merci.
J'ai eu un peu chaud aux oreilles.
Moi : Mais… Du coup, ta mère et ton beau-père vont aussi se séparer ?
Museau : Je ne sais pas. C'est très compliqué.
Moi : Je connais ça.
Museau : Ah oui ?…
Moi : Oui, mes parents sont séparés. Ils ont divorcé quand j'avais 10 ans.
Museau : Oh.
Moi : Mais, ça se passe très bien, hein ! J'ai de la chance, mon beau-père est méga cool, et la nouvelle copine de mon père est géniale aussi.
Museau : C'est rare ! En effet, t'as de la chance.
Moi : Mais ma mère est méga chiante, ça compense.

On a rigolé.

Moi : Et tu… tu viens à la soirée de Toni ?…
Museau : Bof. Je sais pas. C'est pas tellement mon truc les soirée à trente, comme ça. Je sais pas si t'as remarqué mais je suis pas encore ce qu'on pourrait appeler la mascotte de la classe.
Moi : À qui le dis-tu ?!
Museau : Donc, je ne sais pas encore. Tu y vas, toi ?
Moi : Ouais, on va se déguiser en famille Addams au complet, avec mes potesses !

Museau : Han, cool comme idée.

Là, j'ai eu chaud aux oreilles ET aux joues. Mayday, je sentais que mon cerveau commençait à surchauffer.

Moi : Je dois peaufiner mon costume, je vais être une main !
Museau : … Une… une main ?
Moi : Ouais, enfin la chose, tu sais ? Leur main coupée apprivoisée ! Mais taille humaine, quoi. On hésite encore entre la cagoule-pouce ou le chapeau-main rembourré.

Pente glissante, pente glissante !

Maman (*par la fenêtre du salon, au loin*) : Bon, Cléo, le romarin, c'est pour aujourd'hui ou dans cent ans ?
Moi (*hurlant*) : C'EST BON, J'ARRIVE !!!!!
Maman (*épiant à la fenêtre, main en visière au-dessus des yeux*) : QU'EST-CE QUE TU FAIS ? TU ES AVEC QUELQU'UN ?

Non mais, on n'allait pas faire une conversation version singe hurleur à travers le jardin, non plus ! J'ai expédié :

Moi : Heu, bon j'me grouille, j'dois y aller. Peut-être à samedi ?
Museau : Peut-être.

J'ai chopé une touffe de romarin et une poignée de thym et je suis remontée du jardin à toute blinde.

20 h 02

C'est la première fois de ma vie que j'ai une discussion de plus de trois mots (et ne contenant pas d'insultes) avec un garçon.

En fait c'était hyper cool et très normal. Il n'était pas méprisant, ni violent, ni humiliant, ni débile.

BIZARRE.

SMS à Chlo :

J'ai croisé Museau dans mon jardin.
J'étais en train de poursuivre
Flutiou en courant,
et je l'appelais mon phoque d'argent.

Mouhahahahahaha ! Et il était sympa ?
Museau, pas le phoque d'argent.

Oui, on a bien parlé.
Il vit ici parce que
ses parents se sont engueulés.

Ses parents ? Mais son père, il est pas parti
quand il était petit ?

Si, mais c'est sa mère et son beau-père.
Bref : du coup on est voisins
et on partage le même jardin.

Faudra peut-être éviter les sorties poubelles
en chaussons, du coup.

Faudra.

T'as demandé à ta mère
pour la soirée de samedi ?

Nope !

Tu comptes le faire ?

Je sais pas. Elle va dire non, c'est sûr,
et après je serai deux fois plus surveillée
et je pourrai plus rien tenter…
Je pense me la jouer façon ninja, vu que je
serai chez mon père : j'ai juste à ne rien dire.

Et pour le costume ?…

Il ressemble toujours absolument à RIEN.

Tu viens chez moi demain aprèm
pour qu'on le termine ?

J'essaie ! Je demande au colonel demain matin.

Mercredi 26 octobre

Chez Chlo

J-3 avant THE soirée.

Et mon costume ressemble pour l'instant à une sorte de pieuvre croisée avec un vieux pansement. Les doigts sont hyper durs à rendre « toniques », ce sont juste de vieux boudins mollassons qui pendent le long de mon corps. Pas très convaincant.

Moi (*pendant que Chlo essaie de coudre l'auriculaire sur ma hanche*) : Je me demande si c'était une bonne idée.
Chlo (*déguisée en Gomez*) : Mais si, ça va être génial. C'est tellement plus fun et décalé qu'un costume de sorcière ou de fantôme !
Moi : Peut-être que si j'enlève la cagoule du doigt principal, c'est moins pire ?...

À ce moment-là, la mère de Chlo est rentrée dans la chambre et m'a aperçue portant notre œuvre.

Mère de Chlo : MooOOon DieuuUuu... Mais qu'est-ce que c'est que ça ?
Moi : C'est...c'est mon costume d'Halloween.
Mère de Chlo : Ah ben ça, pour être effrayant !... Qu'est-ce que c'est censé représenter ?
Chlo : Bah Maman, c'est une main, ça se voit pas ?

La mère de Chlo est fille de couturière, elle a donc l'œil un peu plus sévère et exigeant que le nôtre.

Mère de Chlo : Donne-moi ça.

Elle m'a fait passer le costume par-dessus la tête, et a redescendu les escaliers.
J'étais dans mon justaucorps/legging couleur chair, et j'avoue que savoir une adulte sur le coup me rassurait un peu. On l'a suivie en courant jusque dans le garage-atelier.
Elle s'est installée sur sa machine à coudre, a découpé des grandes bandes de tissu, sorti des caisses remplies de matières diverses, est retournée s'asseoir, s'est relevée pour prendre un mètre et des ciseaux, a sorti des trucs d'un tiroir : la mother ULTRA ÉQUIPÉE, quoi.

La mienne aussi adore faire ce genre de trucs : elle aussi a un placard spécial dans le salon, rempli de matos du même acabit. Elle m'avait confectionné un super costume de souris pour le carnaval de l'école en CE2 (j'étais d'ailleurs le seul rongeur dans un flot ininterrompu de princesses : mais c'était mon rêve que voulez-vous, j'adore les souris depuis *Basile Détective Privé*), et elle avait fait le costume de *Peau d'Âne* l'année dernière pour ma sœur, qui à l'époque passait en boucle le DVD du film de Jacques Demy touuuuuus les jours. Elle lui avait cousu un gros âne mort avec des pattes qui pendouillaient de part et d'autre de ses épaules, lui avait sali un peu la bouille, mis une liquette blanche trouée et crasseuse, un postiche blond, et banco : elle était la mieux déguisée de l'école primaire. Comme elle connaissait de surcroît toutes les chansons par cœur, je peux dire en toute objectivité que c'était l'une des enfants les plus cools de tout le CP.

Mais comme cette fois-ci, je ne dois pas dire à Maman que j'ai une soirée, elle ne peut pas m'aider sur le costume, donc c'est la mère de Chlo qui s'y colle.

Les parents de Chlo sont vraiment trop cools d'ailleurs : déjà, ils sont ensemble, et cohérents dans leur éducation. Genre y en a pas un qui dit oui et l'autre qui dit non, ou un qui est sévère et l'autre laxiste : ils sont plutôt raccord sur les règles de base. Son père est un homme tout mince, très doux, un peu dans la lune, qui est passionné de musique et de BD : c'est simple, y en a partout dans la maison. C'est ici qu'on a fait les meilleurs soirées karaoké, parce qu'ils ont des micros et une super chaîne hifi, donc pour le Nouvel An, souvent, c'est soirée spectacle en famille. Sa mère adoooore les chats (ils en ont sept), le jardinage et la lecture : elle a toujours un livre différent dans les mains quand je la croise et, comme avec Jean-Mi à la maison, on peut discuter pendant des heures des différentes espèces de plantes dans leur jardin. Elle est vraiment sympa et rassurante : on peut beaucoup parler avec elle de nos histoires, et surtout elle a un degré de tolérance BIEN PLUS ÉLEVÉ que ma génitrice. Chez Chlo on peut manger ailleurs que dans la cuisine sur des sets de tables (genre le plateau-télé n'est pas prohibé), on peut se coucher après 22 h et aller se balader dans le village sans surveillance.

Mère de Chlo : Allez goûter, on refait un essayage dans une heure.

Meilleur moment de la journée : le goûter.
À chaque fois, tradition oblige, on se cale devant une boîte de cookies et un verre de lait, à l'américaine, et on se met à refaire le monde en caressant l'un des sept chats qui passe par la cuisine pour réclamer sa gamelle.

Chlo a gardé son déguisement de Gomez par solidarité (j'étais toujours en justaucorps beige), du coup elle avait sa grosse veste de costume rayée et un pantalon large. Mais avec ses longs cheveux châtains, c'était un décalage presque cool.

Chlo : T'espères qu'il y aura Museau à la soirée ?
Moi : Museau ? Ben, oui, pourquoi pas : ça fait au moins un mec de sympa à qui parler… J'espère surtout que Toni n'a pas invité Clément, à vrai dire. Là, ce serait vraiment lourd, j'ai pas envie de me faire traiter de tête de plâtre alors que je suis en soirée.
Chlo : Et Toni, justement ?… Enfin, Clyde.
Moi : Oui ben, il sera forcément là, c'est sa soirée.
Chlo : JE SAIS, patate, mais je veux dire est-ce qu'il te plaît encore ? Parce que Madame Feux de l'amour, j'ai du mal à suivre moi : Clément, Henri, Clyde, Museau…
Moi : Mais pourquoi Museau ?! J'ai jamais parlé de Museau ! Je t'ai quand même bien assez saoulée avec Clyde pour que tu comprennes que c'est LUI qui me fait rêver. Non mais tu as vu le spécimen ou pas ? Le seul souci avec Clyde, c'est qu'il n'est pas du tout à ma portée. Il a encore une nouvelle chérie, donc je ne vois pas bien ce que je peux attendre de lui. Puis pour ce qui est de Henri et Clément, le premier a eu une aventure d'été avec une fille au nom de fromage de brebis, et l'autre n'est ni plus ni moins qu'un tortionnaire sadique et humiliant qui se prend pour le roi du collège. J'ai passé l'âge de m'émouvoir de créatures aussi stupides.
Chlo : AaAAAAh, j'ai cru que ce jour ne viendrait jamais.
Moi : C'est la puberté, ça m'a fait devenir vachement plus adulte d'un coup.
J'ai pris une gorgée de lait.
Moi : Ça te dit qu'on joue aux Bobs en attendant mon costume ?
Chlo : GRAVE.

Une heure plus tard, après que Ben le mec de Teresa s'est fait tuer dans un accident de cheval et que Teresa s'est retrouvée enceinte de lui alors qu'elle est avec Paul, et que du coup sa meilleure amie Michelle s'est dévouée pour l'accompagner chez le médecin pour avorter et s'est mis à dos son amoureuse à elle qui est anti-avortement (mais l'amitié est plus forte que l'amour), la mère de Chlo nous a appelées car le costume était prêt.
Ça ne ressemblait pas du tout à ce qu'on avait imaginé : mais c'était génial!!
Elle a fabriqué une main/cagoule en feutrine qu'elle a découpée et remplie de bourre, et elle a créé un gros trou au milieu de la paume pour que je puisse passer mon visage : du coup ma tête est au milieu de la main, et tout mon corps est libre.

Mère de Chlo : Comme ça, tu n'auras qu'à enfiler un justaucorps tout noir en dessous, pour disparaître un peu dans l'obscurité : et on ne verra que la main.

Ça ressemblait davantage à mon croquis n° 2 et c'était bien plus parlant et efficace que ma tentative de cagoule-pouce.

Moi : MERCIIIII!!!!!
J'ai sauté dans ses bras.
MdC : Je vous emmène toutes les deux samedi soir ?
Moi : Je sais pas encore, faut que je demande à mon père.
(Dans ma tête : « mais comme il n'a pas de voiture, je sais déjà que l'option taxi-Maman-de-Chlo lui sauvera bien la mise. De toute façon, avec mon costume je pourrai pas porter de casque. »)

Comme il était 17 h et qu'on avait encore deux heures devant nous avant que Maman ne vienne me chercher, on a décidé de fêter ça en allant regarder *The Grudge*.

01 h 22

Dans ma chambre, seule

Grossière erreur.
Je n'arrive pas à fermer l'œil : si je suis dans le noir, c'est l'angoisse absolue, et si j'allume, c'est pire. Si je me mets sous la couette, j'étouffe et je stresse du moment où je dois sortir la tête pour respirer. Alors, je reste toute droite dans mon lit, je ne regarde pas ma porte qui se ferme mal ni ma fenêtre qui pourrait me faire apparaître une tête ou une ombre. Je n'ose pas non plus lever mon drap trop haut, au cas où *elle* serait en dessous, comme dans la scène du film. Je… J'ai chaud et froid, je sue à des endroits non conventionnels comme la pliure des genoux ou le bas du dos.
ÇA VA PASSER.

02 h 13

Je viens de vivre l'un des moments les plus FLIPPANTS de ma vie.
Je m'étais enfin endormie mais Flutiou a BONDI sur mon ventre sans prévenir. J'ai honnêtement cru que mon heure était arrivée et que le démon m'emportait à jamais dans les abysses infernaux.
Au moins, je n'étais plus seule, j'avais une présence rassurante. Mais le souci, c'est qu'il n'arrêtait pas de fixer mon armoire. Il était tout tendu et immobile, la queue qui bougeait, et il ne la quittait pas des yeux.
Je ne voyais qu'une solution : appeler Chloé.

J'ai fait un Facetime, c'était plus rassurant si je la voyais.
Elle a décroché direct, la tronche en pétard, lumière allumée.

Moi (*en chuchotant pour ne pas me faire griller par l'AM – autorité maternelle*) : Dindon, t'arrives à dormir toi ??
Chlo : Absolument pas.

Elle a bougé le téléphone pour que je voie la raquette de tennis de sa sœur qu'elle avait posée au pied de sa table de nuit.

Chlo : On sait jamais.
Moi : C'est la première fois qu'on se fait un film d'horreur sans dormir ensemble après.
Chlo : On est débiles.
Moi : J'ai Flutiou avec moi, mais c'est encore pire, il arrête pas de fixer des trucs flippants.
Chlo : Genre quoi?
Moi : Genre mon armoire.
Chlo : Comme dans *Conjuring* ?
Moi : LALALALALALA, je ne t'entends pas !!!
Chlo : GnhiaaaaAh, pardon, je me fais peur moi-même.
Moi : On n'a qu'à se parler de trucs agréables pour oublier, ok ?
Chlo : Je suis d'accord !

On s'est arrêtées pour réfléchir.

Enfin, on a fait semblant, parce qu'en vrai on tendait l'oreille à fond pour entendre le moindre bruit de craquement ou de grincement dans les tréfonds de nos maisons respectives.

Moi : J'ai envie de pisser mais j'ose même pas me lever. J'ai peur qu'on m'attrape les pieds depuis sous le lit.
Chlo : Moi quand j'y vais je saute. J'essaie d'atterrir le plus loin possible du lit.

Moi : Toi aussi tu flippes qu'une main te chope la jambe ?!!
Chlo : BAH ÉVIDEMMENT.

Voilà qui me rassurait dans ma névrose.

Moi : Nan mais j'ai tellement envie de faire pipi ! AFFREUX. Sauf que d'habitude on y va ensemble : là, toute seule, j'peux pas.
Chlo : Ben, garde moi en Facetime !
Moi : Ah… Pas bête. C'est un peu comme si t'étais là.
Chlo : Ben carrément même.
Moi : Bon, tu guettes pour moi, ok ?
Chlo : Ok.

Je me suis redressée dans le lit, j'ai examiné la chambre et les recoins flippants en les filmant aussi pour Chlo : une double validation ne fait jamais de mal.
Rideaux fixes : ok. Armoire fermée : ok. Je me suis mise debout sur le lit, j'ai pris de l'élan et sauté le plus loin possible. J'ai fait un bruit d'éléphanteau à l'atterrissage, mais ma vie en dépendait, donc l'heure n'était pas au concours de grâce ou d'élégance.

Moi : Je… J'ose pas ouvrir ma porte. Imagine elle est là, juste derrière, debout !!!! Han, purée, et l'interrupteur est trop loin, je vais jamais y arriver !
Chlo : Vas-y. T'as qu'à mettre le téléphone d'abord, et je te dis si le couloir est safe.

J'ai entrouvert la porte doucement. J'avais le cœur qui battait dans mes plantes de pieds et dans mes tempes. Ce qui, en l'écrivant, me semble relativement bizarre.
Aucun bruit dans la maison. Tout le monde dormait à

poings fermés. J'ai collé mon visage dans l'entrebâillement rapidement, et tenté de jeter un œil sur le couloir. Il était noir comme de l'encre.

Moi : Attends, je mets la lampe torche du tel !

J'ai cliqué sur l'option lampe de poche de mon téléphone, et l'ai sorti en tendant le bras hors de ma chambre pour que Chlo observe la zone.

Chlo : C'est over flippant.
Moi : Quoi quoi ? Y a quoi ???
Chlo : Rien, rien, mais à regarder c'est super stressant. Je me croirais dans *Paranormal Activity.*
Moi : EH mais DIS PAS ÇA, t'es censée me rassurer, pas me faire encore plus flipper !!

J'ai ouvert la porte en grand, et me suis engouffrée dans le couloir sombre, la main à tâtons sur le mur à la recherche de l'interrupteur. J'ai foutu Chlo dans mon dos, en surveillance de mes arrières.

Chlo : HAN !!!! ATTENDS !!!
Moi : QUOI ???

J'ai fait volte-face.

Chlo : Ouf, non, c'est bon! C'est Flutiou! C'est Flutiou qui te suit ! J'avais du mal à voir dans le noir.
Moi (*en re-chuchotant, la terreur m'ayant fait un peu crier*) : Ah, ouf. Purée, refais pas ça, j'ai cru que j'allais voir ramper un truc mort derrière moi.
Flutiou : iiouuu !

Il s'est frotté à mes chevilles, la queue en mode vibrato.
Prise de courage, j'ai décidé de ne pas allumer, pour ne pas alerter la madre qui ferait une syncope si elle me savait au téléphone à 2 h du matin. J'ai continué de longer le mur du couloir, suis passée devant la porte de la chambre parentale, le bureau, et j'ai entendu les petits coussinets de la Flûte qui me suivaient. Ça aidait.
J'ai enfin ouvert les toilettes, me suis assise, et j'ai laissé Chlo surveiller le couloir depuis la porte. La Flutaline est grimpée sur mes genoux en ronronnant tout ce qu'il savait. Ça couvrait les bruits alentour, c'était pas top cette affaire. Il choisit toujours mal ses moments câlins celui-là.
Seul le bruit du filet de pipi dans la cuvette venait briser le silence de la maison, version fontaine zen. C'était la libération, je me détendais enfin un peu.

Chlo : Et donc, euh, Flutiou qui te suit même aux WC... on en parle ?
Moi : Oui, bon, ça va. C'est un enfant fusionnel, qu'est-ce que j'y peux ?

J'ai tiré la chasse.
La Flûte est partie et j'ai entendu au loin la chatière qui claquait. Il était vexé que je ne fasse pas un câlin plus poussé, alors il s'est tiré et est allé errer dans le jardin sous la lune. Quel égoïste, celui-là !
J'étais donc de nouveau seule avec Chlo. Enfin, avec l'image de Chlo seulement. S'il arrivait quelque chose, je serais la seule à pouvoir assurer ma survie.
J'ai éteint les toilettes, mais mes yeux s'étaient habitués à la lumière, et du coup le couloir est redevenu ultra sombre. J'ai scanné la zone avec le portable.

Chlo : Ça a l'air ok.
Moi : Je suis en train de me dire : un fantôme, ça se verrait à l'écran tu crois ?…
Chlo : Chhhht, le dis pas à voix haute, là, j'y pensais plus !!
En marchant sur une latte un peu bancale, j'ai fait grincer le plancher.
Moi : GNHIIAA !!
Chlo : Qu'est-ce qu'y a ??
Moi : Rien, c'est ce plancher, il me fait sursauter chaque fois, même si je vis là depuis trois ans.

J'ai repris mon souffle.

Moi : Punaise quelle escapade ! J'aurais jamais pu le faire seule.

Mais soudain, à un mètre derrière moi environ, le sol s'est mis à grincer de nouveau. La même latte que je venais de faire crisser à l'instant. Je me suis tétanisée, version statue de marbre et j'ai senti de grosses gouttes de sueur glacées me couler le long de la nuque.
J'ai placé le téléphone par-dessus mon épaule, n'osant me retourner.

Moi : CHLO??? Qu'est-ce que…….
Chlo : AAAAAAAAAAAAAAAAAAAAAAAHHH !!!!!!
Appel Facetime terminé.

ELLE AVAIT RACCROCHÉ !!!!!

Je me suis retournée en panique, et j'ai vu une grande silhouette noire au fond du couloir.
Je me suis dit ça y est c'est fini, je vais mourir, voilà. Les morts viennent me chercher, ils vont se nourrir de ma peur et dévorer mon âme.

Je m'apprêtais à mourir avec panache, quand j'ai entendu :

– Cléo ? Qu'est-ce que tu fabriques, va vite te coucher !

C'était Jean-Mi.

Bah évidemment.

C'ÉTAIT JUSTE JEAN-MI !
Qui d'autre ?

HAHAHAHAHAHHAHAHAHAHAHHAHAHAHAHAHHA HAHAHAHAHHAHAHAHAHAHHAHAHAHAHAHHAHA HAHAHAHA ! *(Rire nerveux) (En vrai, j'ai cru mourir)*
Ma vie a défilé sous mes yeux et j'ai vu les cordons bleus de la cantine, Lady Gaga, Flutiou bébé et ma sœur qui danse avec des foulards. Je préfère ne pas analyser ces images.

BON SANG, si ça avait été ma mère, je ne suis pas sûre que l'issue aurait été moins fatale que si j'étais tombée sur le fantôme de *The Grudge*. Ma vie aurait été gravement en danger dans les deux cas.
Mais en l'occurrence, Jean-Mi s'est gratté la fesse et est allé aux toilettes en traînant la savate. Avec un peu de chance, il ne dirait rien, voire il aurait oublié au réveil.

Je suis entrée à l'instant dans ma chambre, trempée de sueur comme si j'avais couru un marathon, j'ai fait un bond de gazelle pour rejoindre mon lit (on ne sait jamais) et j'ai envoyé direct un SMS accusateur à Chloé qui s'est révélée la plus grande traîtresse de l'histoire de l'amitié.
POUR LA DEUXIÈME FOIS.

Vendredi 28 octobre

Chez Papa

21 h 30
Discussion à table tout à l'heure :

Moi : Et heu, Papa, au fait, j'ai une soirée Halloween demain soir avec des copines du collège…
Papa : Ah oui ? C'est cool, ça !
Moi : Oui, c'est déguisé, et tout !
Lilas : Oooh, super ! Et en quoi tu te déguises ?
Moi : On fait un costume de groupe avec mes potesses, on a choisi la famille Addams !
Lilas : Génial ! Haha ! Et tu es qui ? Morticia ? Mercredi ?
Moi : Mmmh, non, en fait je fais La Chose, c'est plus fun. Tu sais, leur main apprivoisée !
Elle rit.
Lilas : Toi, alors ! T'es un sacré numéro !
Papa : Aaah, ça ! On sait de qui elle tient !
Moi : Mmmh, question humour, ch'uis pas sûre que la génétique y soit pour grand-chose.
Papa : Oui, évidemment, j'ai 46 ans, donc je suis beaucoup plus drôle que toi. Mais c'est normal, la repartie parfaite apparaîtra autour de tes 30 ans environ. Tu feras honneur à ton sang anglais.

Lilas s'est tournée vers ma sœur, interrompant la discussion.

Lilas : Ben, Athéna ? Ça ne va pas ?

Chaco mâchait sans conviction, la joue grosse comme celle d'un hamster et le regard perdu.

Moi : Elle fait la boulette.
Lilas : … La boulette ?

J'ai tendu ma main devant sa bouche, et elle a craché une grosse boule marron clair de steak haché mâchouillé et aggloméré.

Moi : Elle arrive jamais à avaler correctement sa viande, elle la mâche pendant des heures comme un poney, et elle fait « la boulette ».
Lilas (*à Papa*) : Y a pas à dire… tes filles sont extraordinaires.
Papa : Il paraît.
Moi : Du coup, c'est ok pour ma soirée, Pap's ?
Papa : Oui, bien sûr. C'est où ?
Moi : C'est à la salle des fêtes de Saint-Didier, vers mon collège.
Papa : Houla, c'est à perpèt. Faut t'emmener ?
Moi : Non non, pas besoin, la mère de Chlo passe me chercher !
Papa : Ah, ben super. Elle te ramène aussi ?
Moi : Bah euh… (*pas sûre de pouvoir abuser deux fois du service, j'improvise un peu*) oui oui, c'est prévu.
Papa : Parfait !
Lilas : Ta Maman est au courant ?
Moi : …
Tout en triturant mes haricots.
Moi : Beeeeen… Tu sais, Maman… Elle est…
Lilas : Tu devrais quand même lui dire, s'il arrive quoi que ce soit, on est responsables de toi, tu sais.
Papa : Oui, ben justement, je suis parent aussi, et quand les filles sont chez moi, c'est moi qui décide. Et je décide que Cléopâtre peut y aller. Je vais pas demander l'autorisation à mon ex-femme pour que ma fille aille à une soirée, quand même ! Elle a 13 ans, c'est plus un bébé.

Le fait que Papa et Maman soient aussi revêches l'un avec l'autre relève parfois d'un sérieux avantage, il faut bien l'avouer.

Papa : Tu iras à cette soirée, et ce sera notre petit secret.

Yes yes et triple yes !!

Papa : Il faudra juste qu'on passe chez GrandPa d'abord : il nous invite à boire le thé samedi après-midi.

No no nooooooo et quadruple NOOOOOOoooOOO.

Samedi 29 octobre

16 h 00
Comme prévu, on a passé tout le début d'après-midi chez GrandPa George.
GrandPa George (Djoôôrdge, avec l'accent), c'est le père anglais de mon père donc, qui est séparé de ma grand-mère depuis vingt-cinq ans.

Je n'en revenais pas d'être là, assise dans un canapé fleuri couvert d'une bâche en plastique (pour ne pas qu'on le salisse), à faire semblant de m'intéresser à leur discussion soporifique alors que dans moins de QUATRE HEURES j'allais être à la soirée de mes rêves.
Que je vous raconte le contenu passionnant de nos échanges :

GrandPa : OooOOow, Clayooôô, (*ndlr : Cléo, avec l'accent*), qu'est-ce tu fay à l'école en ce moment ?

La question typique de grand-père barbant. Qu'est-ce que je fais à l'école ? Non mais, sérieusement : je n'ai plus 5 ans ! J'ai plus de dix matières principales, le même nombre de professeurs, des contrôles chaque semaine et un programme ultra chargé. Je vois mal comment répondre de manière synthétique.

Moi : Bah, ça dépend, en quelle matière précisément ?
GP : Est-ce tu fay tujurs de la cathéchaise ?
Moi : Non, j'ai arrêté en 6e.
GP : OOww, quel dÔmmage.
Papa : Arrête avec ton cathé, Papa, tu nous saoules.

Il faut savoir que jusqu'à mes 9 ans, j'allais à la messe tous les dimanches avec GrandPa. Imaginez le taux d'ennui mortel accumulé toutes ces années, assise sur un banc ultra rigide à réciter le Notre Père et souhaiter « la paix du Christ » à mes camarades retraités sous leurs chapeaux en raphia et vestes pastel. Ça a duré jusqu'au jour où, en courant le rejoindre à sa voiture, je me suis emmêlé les pieds et suis tombée à plat par terre, sur nos escaliers en béton chez Maman. Je me suis râpé toute la hanche, et suis tombée dans les pommes quelques secondes.
J'ai pris ça pour un signe du ciel, Dieu me disant d'arrêter d'aller à la messe ou un truc du genre : et on ne contrarie jamais les volontés divines.
Alors maintenant je reste chez moi le dimanche matin à faire la grasse matinée, comme toute ado normale vivant en 2016.

GP : Et twa, Athéna : est-ce tu ey coOntent de ton école ?

Deux heures à tenir comme ça, il fallait qu'on me vienne en aide.
Chaco était dans un coin du canapé, prostrée avec Blanchon dans les bras (un énième phoque en peluche) et les sourcils froncés genre « que me veut le vieux croûton anglais ? ».
Faut savoir que si avec moi, elle est l'exubérance verbale et la drôlerie absolues, en présence d'adultes elle est plutôt du genre renfrognée et muette. Un brin sauvageonne.
Sachant que la communication entre les deux risquait de prendre des heures, j'ai demandé si je pouvais aller me servir un verre d'eau à la cuisine.

GP : Ow, oui, Marie-Gabrielle va te dôwnner une jus de fruit.
Moi : Non non, c'est bon, j'y vais !

Marie-Gabrielle, c'est sa chérie depuis dix ans : elle a de longs cheveux châtain foncé un peu tristes, séparés en deux grands paquets de chaque côté de ses épaules, raie au milieu, et le tout est retenu par un serre-tête en velours vert. Elle met des grosses jupes en toile rayée et des sandales rouges comme j'en portais à l'école primaire, avec une boucle sur le côté. Moi, je l'aime bien, elle est plutôt gentille. Disons qu'elle n'est pas ultra fun. Mais elle est prof de SVT, et du coup j'adore lui demander de m'expliquer des trucs, genre la création de l'univers ou la photosynthèse : je préfère ça que parler curé avec George.

Je lui ai fait signe de ne pas se lever, mais elle a insisté pour m'accompagner. Au cas où j'aurais voulu voler un truc, ON NE SAIT JAMAIS.

Elle m'a donc suivie à la cuisine.

Pendant qu'elle fouillait le frigo à la recherche d'un brevage à mon goût, j'ai soulevé, pour rire, un pack de sucre posé sur le plan de travail. Yes ! Le prix était toujours bien visible en dessous.

BREAKING NEWS : GrandPa est un radin haute compétition. Pour tout ce qu'il (le peu qu'il) achète, non seulement il n'enlève pas l'étiquette du prix, mais en plus il la RECOUVRE DE SCOTCH pour être sûr qu'elle ne se décolle pas. C'est simple, chaque objet présent dans son appartement est étiqueté au prix d'achat. Du coup, mon jeu préféré les rares fois où on y va (d'habitude, c'est lui qui vient chez Papa et non l'inverse), c'est de faire mes p'tits comptes de tout ce qu'il possède. J'en suis à 3 345 euros sans compter le mobilier. J'ai même été très surprise de la valeur d'une miniature de caniche beige réaliste en porcelaine, à plus de 50 euros. Radin, mais pas pour tout.

Il faut savoir que le rituel de l'étiquette collée vaut aussi pour les cadeaux. Je ne sais pas si en Angleterre c'est un gage de politesse, mais ici en France c'est quand même perçu comme un gage de bonne grosse maladie mentale.

MMS de Joey :

Ready 4 tonight !

Suivi d'une photo d'elle en Oncle Fétide. Complètement bluffant !!!

WAAAAH ! GÉNIAL !!!! T'es très sexy, hahah ! Chlo passe te chercher toi aussi ?

Yes !! Je serai avec les filles.

… Tu vas garder ton crâne chauve jusqu'à 19 h, ou tu l'as juste mis pour la photo ?…

Hahaha. Non, je vais l'enlever,
j'ai déjà ultra chaud.

T'as vu les costumes des autres ?

Oui, on s'est préparées ensemble avec Laure et Maria : tu vas voir c'est pas mal du tout.

HÂTE !!

GP : Clayyyoo, pouwais-tÛ ranger ton téléphone ? On discute tus ensemble.
Moi : Pardon GrandPa, je suis excitée parce que j'ai une soirée avec mes copines ce soir.
GP : Owwh ?
Moi : Ouais on fait Halloween, et on est déguisées en la famille Addams, à cinq !

GP : Ow je ne cônay pas ça. Tu cônay le légende de Jack O' Lantern, qui a inspiré les fêtes païennes de Halloween en Angleterre ?
Moi : Oui, je l'ai étudiée avec ma maîtresse d'Anglais en CP. Mais ma partie préférée d'Halloween, c'est les déguisements et les films d'horreur.
GP : No, no...Ce n'est pas jôwli tû ces gens déguisés en monstres. Je n'aime pas beûcoup.
Moi : Nan, mais cette année je ne serai pas en monstre, je serai en main humaine coupée !
Marie-Gabrielle a mis une main sur sa poitrine et a reculé le menton, choquée.
GP : Jésus Christ ! Quelle horreur !
Moi : Oh ça va. Dans la Bible aussi y a des trucs dégueus. Y a quand même un fratricide avec heu, comment ils s'appellent les deux, là : Caïn et Abel ? Et puis, l'histoire avec Moïse, aussi, *(je m'en souviens surtout grâce au dessin animé le* Prince d'Égypte, *mais je ne l'ai pas dit pour garder un peu de crédibilité)*, Dieu il envoie quand même ses dix plaies à grands coups de sauterelles dévoreuses, de litres de sang dans la mer, de grenouilles par milliers, et de meurtres de nouveau-nés. C'est pas ultra peace ton truc non plus, GrandPa.

Papa m'a regardée avec des yeux exorbités qui lançaient des éclairs foudroyants de rage.
Woops.

Dans le bus, sur le retour, Papa a tenté de me faire la leçon.

Papa : Qu'est-ce qu'on a dit, CLÉO ??
Moi : Oui, oui, je sais, on n'aborde pas la religion avec GrandPa. Mais je suis désolée, il est pas du tout logique : Il est choqué par une main coupée alors qu'il a autour du cou un

type à demi mort cloué sur une croix par les poignets et les chevilles.

Petit silence.

Papa : … C'est pas faux.

Non mais je veux dire : je demande juste un peu de cohérence, c'est tout.

19 h 45

MON DIEU MON DIEU MON DIEU MON DIEU (en qui je ne crois pas. Enfin, je sais pas, je croirais plutôt aux étoiles ou aux forces de l'univers ou un truc du genre): CHLO DOIT PASSER ME CHERCHER DANS MOINS DE DIX MINUTES.

Dimanche 30 octobre

15 h 00
OH MY GOD.

PFFIOUUU !!!

Il faut que je résume la GÉNIALE, la merveilleuse, la FOLLE soirée d'hier.
Je me la re-raconte point par point, parce que j'ai envie de la revivre encore et encore, en boucle.

À 19 h 53 précises, L'interphone a sonné.
Hystérie générale !

J'ai enfilé mon super costume de main sur une combi pantalon moulante noire, j'ai rajouté un peu de faux sang pour bien qu'on soit dans l'ambiance Halloween quand même, et enfilé mes Vans noires : j'étais PRÊTE.

Papa : Pas de bêtises, hein ?
Moi : Non noooooon !
Athéna : Je peux venir ?
Moi : Non, mon crottin de sel, mais je te raconterai tout, d'acc ?
Lilas : Amuse-toi bien ma puce !

Le bonheur : si j'avais été chez Maman, j'aurais dû prendre une veste, répéter à quelle heure je devais rentrer, ce que j'avais ou non le droit de faire (à peu près rien, en gros) et je serais encore noyée de recommandations en tout genre et la plupart irréalisables.

Là, j'ai juste claqué la porte, et tchao la compagnie, je m'en suis allée vivre mon destin, libre comme un cheval sauvage.

Arrivée en bas, j'ai ouvert la portière de la voiture avec le ventre noué d'excitation.

Toutes (*en se voyant*) : HAAAAAAAAAAA !!!!!!

Chlo était à l'avant à côté de sa maman, et Laure, Maria et Joey agglutinées à l'arrière. Heureusement, c'était un 4 x 4, donc on avait un peu de place pour faire brochette.
J'ai tenté de rentrer dans la voiture telle quelle, mais les doigts de ma « main » ne passaient pas la hauteur de la porte. Du coup je les ai plaqués vers l'arrière avec ma vraie main gauche, me suis glissée sur le siège puis j'ai lâché le tout une fois assise, façon crête de punk.

Joey : HAHAHAHA, GÉNIAAAAAAL !
Laure : Aïe, j'ai ton pouce dans l'œil…
Chlo : je l'avais déjà vu, mais franchement avec le sang et la combi noire : per-fe-ctioooOOOon !!!

La mère de Chlo m'a souri dans le rétro, et m'a fait un clin d'œil.
Je les ai détaillées toutes les quatre : Chlo à l'avant avait mis une perruque gominée noire, s'était dessiné une moustache et foncé les sourcils. Elle avait même pris un faux cigare et mis un nœud papillon.

JE L'AIME TELLEMENT.

Laure, toujours très coquette, avait tout donné dans le costume de Morticia : longue perruque noire, robe moulante noire aux manches un peu déchirées, maquillage ultra sophistiqué avec smoky eyes et joues creusées, bouche rouge sang.

Moi : Haaan Laure, t'es CANON !!!
Laure : Merci ! Et regarde, j'ai même pensé à ça !
Elle m'a tendu un bouquet de roses dont les fleurs avaient été coupées, comme dans le film.
Moi : BRILLANT !!!
Chlo : On a répété un tango toutes les deux, tu verras, ça marche trop bien.
Laure : Je vais danser au ralenti toute la soirée, avec l'air super concentré et hautain.

Je me suis tournée vers Maria qui était déguisée en Mercredi : elle était géniale aussi !! Elle avait tressé ses cheveux (noir naturel) de part et d'autre des oreilles, et portait une petite robe en laine grise avec un col Claudine blanc. Perfection suprême, une fois encore.

Moi : Tu sais qu'en fait tu devrais t'habiller tous les jours comme ça ?
Elle a rougi.
Maria : Merci ! mmpffh !
Elle a ri dans sa barbe.
Joey : Non mais, c'est vrai Maria, t'es trop belle dans cette robe. Ça te change c'est fou !
Chlo : Et tes tresses surtout. On voit carrément plus ton visage avec les cheveux dégagés !

Maria est tellement timide et mal dans sa peau que j'étais hyper fière qu'elle ait osé venir déguisée. J'avais l'impression que ça lui faisait du bien, de se sentir une autre ce soir. Elle avait l'air déjà plus détendu. Alors, on l'encourageait un peu.

Puis je me suis tournée vers Joey, mon p'tit gars dans un corps de blonde : elle était l'Oncle Fétide le plus réussi que j'aie jamais vu.

Moi : Tu es… époustouflante !!!
Joey (*en criant d'excitation*) : T'AIMES BIEN ?!!!
En plus de s'être fait un crâne chauve et un teint blafard avec les yeux cernés de marron, elle portait un énorme imperméable noir fermé, aux épaulettes ultra rembourrées (elle prenait 50 % de la largeur de la banquette arrière) et de grosses chaussures de rando.
Joey (*en désignant son imper*) : T'y crois ou pas, je l'ai piqué à mon papy ! Hahahaha ! Énorme non ?
Je l'ai félicitée. Elle était parfaite.

Non y a pas à dire, j'ai les meilleures potesses du monde entier.

Vers 20 h 30, on a débarqué.

L'ambiance était dingue !
La déco Halloweenesque était ultra classe : citrouilles à l'entrée, fausses toiles d'araignées au plafond, fantômes suspendus et fausses têtes coupées au-dessus des portes : on était parfaitement dans le bain. La salle était assez grande, comme une salle des fêtes quoi, avec une grande table remplie de victuailles sur le côté gauche, une boule à facettes au plafond (recouverte de toiles d'araignées pour pas casser l'ambiance) et de la fumée au sol.
Le buffet était lui aussi très raccord, avec un cocktail aux yeux et des hot dogs aux doigts coupés.
Avant toutes choses, soucieuse de respecter mes priorités, j'ai attrapé une poignée de chips que j'ai trempées dans du vomi de citrouille (du guacamole), et j'ai scanné la salle en même

temps qu'évalué la nourriture servie. 70 % d'une soirée réussie, à mon sens, reposent sur la qualité des mets proposés. La chanson qui passait était *Thriller* de Michael Jackson, très à-propos, et les gens dansaient déjà pas mal.

Joey : On boit un truc ?
Laure (*dépitée*) : J'hallucine, personne ne nous regarde ! Pourtant on est quand même cinq, quoi. Ils s'en foutent complètement. J'suis dégoûtée !
Chlo : Ils sont trop occupés à danser. Ça va se faire doucement.

On est restées toutes les cinq au buffet, et j'ai chopé des gobelets pour nous servir à boire du jus d'yeux.
Là, j'ai aperçu Laurent et Stephen, deux mecs de notre classe, déguisés en Harry Potter et Drago Malefoy. Mouais, pas mal. (J'aurais bien fait la chouette Edwige).

Laurent : Ouah, trop cool, vous êtes la famille Addams ?
Laure : Ouais !

Elle a attrapé Chloé/Gomez, et elles ont entamé leur tango passionné en démo.
Chlo embrassait l'avant-bras de Laure en disant « ooOoh, mi ammooooorrr » c'était à crever de rire.

Moi : Y a toute la classe ?
Stephen : Non, pas encore. Mais y a aussi des 4e B.

Mon ventre s'est noué. Je me suis mise à stresser que Clément soit dans les parages. J'ai re-scanné la foule, et a priori pas de trace de lui et sa bande. Mais comme y avait beaucoup de masques et de maquillage, je ne pouvais en être absolument certaine.

En revanche, j'ai repéré les trois compères de notre classe, Adrien, Benjamin et Pierre-Maxime, respectivement déguisés en mec normal recouvert de sang, personnage non identifié au visage peinturluré en vert et fantôme miteux à base de draps de Mémé déchirés et vaguement tachés de ketchup.
Le manque de créativité des gus, pardon, mais c'était navrant.

Puis je l'ai aperçu.

Sur la chanson *This is Halloween* de *L'Étrange Noël de Mr Jack* de Tim Burton, debout dans l'obscurité, la lumière rouge des néons créant un halo mystérieux autour de son visage…
Clyde était là, sublime, déguisé en Rick de *The Walking Dead* : chemise beige, chapeau de cow-boy avec petit cordon sous le cou, pistolets à la ceinture, visage tout sale et fausse barbe de trois jours dessinée au crayon.
J'ai dû ravaler ma salive deux fois pour éviter l'asphyxie.
Il aimait *The Walking Dead*, j'aimais *The Walking Dead*. On était déjà faits pour s'entendre.
Il nous a vues de loin et est venu vers nous pour nous féliciter.

– Ouaaah, trop génial votre costume de groupe !
(Même sa voix était sublime.)

Petit regret instantané de ne pas m'être déguisée en Lori, la femme de Rick dans la série, mais bon, au moins il nous avait remarquées.
Il a analysé mon costume, un peu perplexe, et a dit :

– Ouah, La Chose ! Génial ! J'aurais pas osé !

Et il est reparti aussitôt en hélant l'un de ses potes déguisé en tacos.

C'est plutôt bon signe de souligner le courage de quelqu'un… Non ?

Vers 23 h 00, la fête battait son plein. On avait dansé plus de trente minutes au centre de la piste, toutes les quatre (Maria n'aime pas danser, elle restait assise vers le buffet) sur David Bowie, Michael Jackson, Marilyn Manson, AC/DC, Katy Perry, Ke$ha, Eminem… J'avais chaud, mais je me sentais libre. Cachée derrière mon costume, j'avais l'impression que je pouvais me lâcher, que je pouvais être moi-même sans qu'on me regarde de travers.
Sur *Disturbia* de Rihanna, j'ai tout donné : au milieu de la piste, ma main en feutrine balançant nonchalamment au vent, j'ai cumulé gestes de robot, ralenti de zombie, crise d'épilepsie dans une cage fictive au refrain et choré en miroir avec Chloé/Gomez reprise du clip qu'on connaît par cœur.

Laure/Morticia dansait comme elle l'avait annoncé, au ralenti, tout en ondulations, le visage ultra concentré et sévère, le sourcil levé, avec toute la classe impassible de Morticia : pile dans le rôle, c'était bluffant !! Joey, elle, faisait sa choré endiablée dans son coin en Fétide, donnant des coups de tête genre poulet possédé avec les coudes en arrière et les genoux en contretemps. Je l'ai aussi vue faire un solo de Booty Shake version gros chauve en imper qui valait son pesant de cacahuètes.

Puis, soudain, la cerise sur le gâteau.
Les premières notes de *Bad Romance* de Lady Gaga ont retenti.

J'en ai eu mal au ventre de bonheur : on a appris TOUTE la chorégraphie l'été dernier avec Chlo grâce à un tuto YouTube. Sans vous mentir, on était ultra préparées. Joey en connaissait

une partie aussi, elle est direct venue nous rejoindre, avec un sourire confiant en coin.
Aux premiers « rhaa rhaaaa rha HA-HA », je n'étais déjà plus moi. Mains crochues en petites griffes de monstre, gestes saccadés, « GAGA holalAAA » entonnés à tue-tête : c'est simple, je devenais Gaga.
Le refrain est arrivé, et ça a dû impressionner les gens parce que tout le monde s'est écarté et nous a laissé le champ libre pour mieux profiter du spectacle. On a fait une ligne avec Joey qui arrivait carrément bien à suivre, et on a refait le clip version famille Addams, avec mouvements ultra synchro. Le public s'est mis à taper le tempo dans ses mains, à nous encourager en criant et en sifflant.
Vers la fin de la chanson, quand est arrivée la partie au sol, prise de zèle, j'ai crié en même temps que Gaga « CAUSE I'M A FREE BITCH BABY !! » et me suis jetée à terre pour terminer la choré dans la sueur et les contorsions, complètement possédée par la musique et, disons-le, un peu tarée.
La foule d'ados en liesse nous a applaudies et acclamées, puis la compil a enchaîné direct avec le générique de *Ghostbusters*, et tout le monde est revenu au centre pour danser dans des hurlements hystériques.
Maria nous attendait sur une chaise vers le buffet avec des mini-saucisses enroulées dans des lamelles de fromage pour imiter des momies.

Si le paradis existait, il devait ressembler EXACTEMENT à ce moment précis.

J'en avais même complètement oublié la présence de Clyde. Où était-il, que faisait-il, qui emballait-il ? Rien ne pouvait moins m'intéresser. J'avais fait ma choré de *Bad Romance* avec ma meilleure amie, j'avais dansé publiquement sur ma chanson préférée de l'univers par ma chanteuse préférée de la galaxie, et on avait été applaudies, reconnues, encensées : j'étais partie dans la stratosphère vitesse de la lumière fois dix.

Au placard Cléopâtre tête de plâtre.

Il y aurait eu Clément pour se moquer de moi, ça ne m'aurait même plus atteinte. Je me sentais puissante et spéciale, rien ne pouvait me faire redescendre de mon nuage.
J'ai pris un mini-toast tartiné de cerveau (goûter tout ce qu'il y a à manger, toujours, c'est important) et je me suis dirigée fissa vers les toilettes pour me rafraîchir et soulager ma vessie remplie de Jus de pêche-Coca-Limonade-Sirop de Kiwi.
Et là, je suis tombée sur Museau, sorti de nulle part.
Il était debout tout seul contre un mur, vers la sono, avec un petit sourire en coin et une posture un peu coincée, un verre de liquide vert fluo à la main, un œil flottant dedans. Ma main-cagoule a failli l'éborgner quand j'ai tourné d'un coup ma tête vers lui en criant :

Moi : Hey !
Museau : Oh, salut, Cléopâtre !
Moi : Bah… t'es pas déguisé ?!
Museau : Bah, si.
Moi : Bah… Non.
Museau : Si, je suis déguisé en type qu'on n'a pas prévenu que c'était une soirée déguisée.

J'ai ri et ça faisait trembler mes cinq doigts sur mon crâne. Je sentais le majeur se balancer d'avant en arrière, et parfois ça emmenait un peu ma tête avec, sous le poids de la mousse.
L'envie de soulager ma vessie était tellement forte que je devais me contorsionner en serrant les jambes l'une sur

l'autre pour éviter l'accident. Je devais avoir l'allure digne d'une araignée de mer coincée dans un filet de pêche, toutes pattes emmêlées dehors.

Museau : Sympa le costume de groupe en tout cas, t'avais pas menti : vous ne faites pas semblant vous, pour les soirées costumées !
Moi : Mec, je VIS pour Halloween.

Je voyais qu'il était un peu gêné, genre pas trop certain de l'attitude à adopter, et je voulais détendre l'atmosphère, toute ragaillardie que j'étais par ma récente ovation dansante, mais j'avais TELLEMENT envie de pisser que j'ai dû écourter.

Moi : Je reviens, je suis genre extrêmement tendue de la vessie, là tout de suite : ça t'embête si je file cinq minutes ?

Qu'est-ce que j'avais à lui parler de ma vessie ?? Je ne sais pas, mais il semblerait que ma concentration était à ce moment-là plutôt axée sur une consigne simple : NE PAS ME FAIRE PIPI DESSUS.
Le reste avait buggé.

En deux immenses foulées, j'ai rejoint Chlo qui était déjà dans la file d'attente à deux personnes de la porte, la main sur l'entrejambe elle aussi.
On était en train de blablater sur notre performance avec deux filles de 4e B plutôt impressionnées quand soudain, Laure est arrivée en courant vers nous. Et Morticia qui court, ça avait quelque chose d'un peu perturbant.
Elle m'a chopé le bras, et m'a tirée vers elle avec la force d'un rugbyman sous stéroïdes :

Laure : CLÉO ! Il faut TROP que je te dise quelque chose !!!
Moi : Quoi ? Le guacamole ne passe pas et tu veux que je te laisse ma place dans la file ?
Laure : Aaaaah, non, mais t'es dégueulasse ! Non, je viens de voir Clyde !

Chlo et moi, on a dégluti un peu difficilement, et on a attendu qu'elle précise.

Moi : … Et ?
Laure : Il m'a demandé de te demander si tu voulais sortir avec lui.

Rouleau compresseur sur ma tronche.

Moi : PARDON ?!!!!!!!???!!!!!!
Laure : Ben oui, moi non plus, j'ai pas compris, mais apparemment, c'est bien de toi qu'il parlait.
Moi : Je te remercie pour le « j'ai pas compris ».
Laure : Nan, mais enfin tu vois quoi. Y avait plein de filles trop belles, et …
Moi : OUI BON, il est sublime, je suis banale, j'ai saisi le concept. Et du coup, je fais quoi ?!! Il pouvait pas venir me demander lui-même ?
Laure : Ben non, t'es folle ? Il veut pas risquer de se prendre un râteau.

Ce n'était pas exactement la rencontre que je m'étais imaginée, à l'ombre d'un arbre sous la lune, lui et moi seuls dehors, sa main sur ma joue et une déclaration argumentée et terriblement romantique.
Là, c'était un peu… comment dire… banal.

Mais bon, qui suis-je pour juger, je n'ai jamais eu de copain, moi. Je ne sais pas comment ça marche ces trucs-là.

Laure : Bon, je lui dis quoi ?
Moi : Ben heu, tu… tu lui dis oui ! Oui, je veux bien sortir avec Clyde.

J'ai regardé Chlo et j'ai poussé un petit cri de stress/excitation en entendant ma propre phrase.

CLYDE VOULAIT SORTIR AVEC MOI.
Moi, Cléopâtre Wellington.
BOUM BÉBÉ.
Cléopâtre/La Chose était dans la place.

Laure/Morticia est repartie en courant, et de loin, je l'ai vue tirer Clyde par la manche et lui parler à l'oreille. Puis me montrer du doigt. Et me faire un grand sourire. J'ai même cru voir son pouce levé en l'air en guise d'approbation, mais avec la fumée et la distance, et surtout sans mes lunettes je ne pouvais rien affirmer.

Voilà, je venais de dire oui à Clyde, et il restait encore au moins une heure de soirée. Et les slows n'étaient pas passés.

On est allées faire pipi avec Chlo, toutes les deux dans le même toilette pour aller plus vite et surtout pour ne pas me laisser seule avec cette information dans la foule. Ma tête/main ne passait pas dans la largeur de la porte, du coup j'ai dû rentrer de profil.
Pendant que Chlo pissait, j'ai pris une grosse poignée de papier toilette que j'ai enroulée autour de ma main version coussin épais pour éponger mes aisselles (c'était les chutes du Niagara là-dessous), puis j'ai fait la même chose dans ma culotte.

Puis j'ai soudainement pris conscience de ce qui venait de me tomber dessus.

Moi : Mon Dieu, mais je ne vais jamais être à la hauteur. Comment ça se passe quand on sort avec ce genre de garçon ?? Avec un garçon tout court, d'ailleurs. Je suis total à la ramasse !!! Lui, il a déjà embrassé plein de filles, il est ultra populaire, il… il…
Chlo : Ouais, mais on a tout défoncé y a dix minutes. Il sait à qui il a affaire, tu lui plais, c'est sûr. Et puis, il est pas comme les autres, Clyde, il aime les gens qui sortent du lot.
Moi : Ah ben ça, pour sortir du lot…

Je me suis regardée dans la glace avec ma main géante en guise de couvre-chef, mes joues ensanglantées et ma combi noire : tout bien réfléchi, j'étais plutôt stylée.
Selon mes propres critères, bien entendu.

(*J'ai finalement décidé de laisser un petit coussinet de PQ sous chaque aisselle dans mon T-shirt, pour absorber un peu les futurs épanchements sudationnels à venir.*)

Quand on est sorties des toilettes, la lumière avait baissé d'intensité, et la chanson qui passait était *Blue Velvet* de Lana Del Rey. Tout le monde était collé serré sous les lumières multicolores de la boule à facettes. Ambiance bovins énamourés.

Gloups.

Je n'ai pas pu m'empêcher de rire intérieurement en voyant un Frankenstein danser langoureusement avec une licorne. Puis, j'ai vu le pote tacos de Clyde tout seul sur une chaise près du buffet, et soudain je n'ai pas su ce qui serait le pire :

me retrouver dans un slow improbable entre une main coupée et un fantôme cheap, ou passer la soirée seule à côté du tacos.
Je n'ai pas eu à me soucier longtemps de la question, puisqu'en arrivant à hauteur du buffet pour me resservir une énième fournée de guaca-vomi/chips, j'ai senti une main sur mon épaule.

Clyde : Ça te dit de danser ?

Je me suis demandé si c'était considéré comme antiromantique de reprendre rapidos une grosse bouchée de chips pour la route, alors dans le doute, je suis restée dos à lui quelques secondes (genre « mec, j'ai le temps, je suis pas à tes pieds »), j'ai dit un « heu, oui ! » le plus neutre possible, et j'ai enfourné discrètement mais rapidement ma paume remplie de Pringles au paprika dans ma bouche. J'ai mâché vitesse grand V, pris une grande gorgée de Coca pour noyer un peu l'haleine pimentée puis je l'ai rejoint l'air de rien.
J'avoue que la danse m'avait un tantinet affamée : j'aurais bien testé les petites quiches à la citrouille et les roulés à la saucisse, aussi.
J'imagine qu'il y a un temps pour tout.

Clyde a attrapé ma main pour m'emmener sur la piste, et soudain je n'ai plus eu aucun souvenir, ni de mon prénom, ni de mon signe du Zodiaque, ni de mon film d'horreur préféré. C'était une main douce, mais puissante, qui me tenait avec conviction sans non plus me la broyer ni tirer sur mon bras avec autorité : c'était une prise de main souple, pleine de bienveillance et de canonitude brevetée.
Pourquoi s'embrasser quand on peut être prise par la main avec autant de sincérité et de passion ?

On s'est retrouvés un peu au centre de la salle, à savoir entre un gars en costar à tête de cheval, Rogue, une fille Rubik's Cube et une sorcière trash-sexy. Une fois face à face et immobiles, il a posé sa main sur ma taille, très doucement, et il m'a demandé :

Clyde : Ça te va, comme ça ?

Moi (*dans ma tête*) : JE VAIS MOURIR. CLYDE EN PERSONNE VIENT DE POSER SA MAIN, EXTENSION MÊME DE SON BRAS, COMPOSÉE DE SON ADN ET DE SA CHAIR, SUR **MON** CORPS, JE RÉPÈTE, SUR **MON** CORPS.

Moi (*dans ma tête bis*) : Heureusement que je porte du noir ET que nous sommes dans le noir car présentement je sue à grosses gouttes, et c'est auréoles party là dessous, malgré mes patchs antisudation maison.
Option petite mare tiède le long de ma raie des fesses en bonus.

Moi (*en vrai*) : Oui, super.

J'ai regardé autour de moi et constaté que tous les garçons tenaient les filles par la taille, et que toutes les filles tenaient les garçons par le cou : je me suis dit que ce serait fun de lui proposer de faire l'inverse, pour se marrer un peu, mais j'ai eu l'impression que le moment était mal choisi pour faire de l'humour.
La chanson de Lana Del Rey était déjà finie, et j'ai espéré secrètement que ça enchaîne avec un petit *Baby* de Justin Bieber ou un *J'irai où tu iras* de Céline Dion pour détendre l'atmosphère, mais la playlist a enchaîné sans accro ni silence sur *Halo* de Beyoncé.

Classe, dramatique, intense.

J'avais bien une petite choré en tête mais encore une fois, j'ai senti que c'était pas franchement le moment d'être fantasque.

J'ai essayé de rester concentrée et de vivre l'instant présent : j'ai regardé Clyde, là, devant moi. Il faisait environ ma taille, il avait les cheveux un peu gominés vers l'arrière, vaguement ondulés, le nez sublimement sublime, droit et fin, bien dessiné avec narines et cartilages du plus bel effet, et ses yeux, ses yeux, même dans le noir, ils étaient translucides.
Là, j'ai commencé à un peu paniquer. J'ai achevé de stresser quand il a resserré un peu son étreinte et que, en me rapprochant rapidement de lui, le mouvement de l'air a soulevé une vague de son parfum. Mélange entre savon, poudre et lessive. Divin. J'avais envie d'enfouir mon nez dans son cou tel le cochon truffier et d'aller me nourrir à la source, pour la vie entière.

On était maintenant super proches, tellement que je pouvais clairement voir ses cils. Ses longs cils clairs.
(VOYAIT-IL MON DÉBUT DE MOUSTACHE ?!!)

Clyde : J'ai adoré ta choré.
Moi : Ah, heu, merci ! Enfin, techniquement c'est la choré de Lady Gaga, du coup.

Il m'a regardée un peu intensément, sans noter ma repartie de bulot et j'ai senti que c'était une sorte de signe. Genre : le bisou, c'est maintenant. Sauf que c'était trop tôt, on n'avait pas assez parlé, j'étais pas prête. Est-ce que je devais lui dire que j'avais jamais embrassé personne ? Est-ce que j'allais bien capter tous les signaux au bon moment, type tourner la tête

du bon côté, ne pas partir dans un fou rire, gérer ma salive, mon souffle ?
EST-CE QUE J'ALLAIS AVOIR LE GOÛT DE PAPRIKA ?!

J'ai senti mes yeux partir dans tous les sens, mode panique activé, cherchant un repère ou un regard encourageant quelque part.
Puis soudain, j'ai remarqué au loin l'arrivée du buffet sucré, et j'ai prié pour qu'après les slows il reste un peu de ce qui avait l'air d'être du cheese-cake aux marrons.

Clyde (*remarquant probablement mon errance intérieure*) : T'es une fille bizarre, toi. J'aime bien.

Mes mains autour de son cou se sont mises toutes seules à caresser sa nuque et touiller un peu ses cheveux. Comme ça, en pilote automatique, comme si j'avais fait ça toute ma vie, papouiller des nuques d'Apollon. Il a souri, mais pas trop, avec les yeux super sérieux-concentrés option « je te fixe avec un max de gravité ».

La playlist a enchaîné avec *2 become 1* des Spice Girls, et il a laissé ses yeux plantés dans les miens, sans rien dire. Je voulais lui demander s'il était au courant que cette chanson était en fait une publicité pour les préservatifs, pour encourager les gens à se protéger dans les années 2000… Mais encore une fois, j'étais pas bien sûre de la façon dont ça allait être perçu : parler de capotes en plein milieu d'un slow était peut-être une façon un peu rude de briser la glace.
Il souriait toujours, de la manière la plus canonesque que le monde puisse imaginer, et pendant le deuxième refrain il a doucement approché ses lèvres des miennes. Lèvres que j'avais soudain extrêmement sèches, et pendant quelques

secondes j'ai pensé que ça nous freinerait : mais il a juste pressé sa bouche sur la mienne et a gardé ses lèvres fermées. C'était un bisou très doux et pas trop invasif.

Je me suis demandé si c'était le genre de garçon à aimer vivre à la campagne avec des chats et des chèvres : je nous ai vus, lui et moi, dans un grand jardin, adultes et passionnément amoureux, contempler l'horizon et faire pousser des artichauts dans notre potager main dans la main.

Après ce baiser, quelques minutes se sont écoulées pendant lesquelles je n'ai rien dit, pas un son, rien, et je me suis demandé si c'était ce qu'il attendait de moi ou si je devais commenter un peu le moment. Genre pour le rassurer et ne pas faire la nana qui subit tout sans opinion. Plutôt qu'un commentaire béat, j'ai voulu le serrer dans mes bras et poser romantiquement ma tête contre son torse.
C'était compter sans la main géante que je portais en guise de couvre-chef.
Je lui ai envoyé mon majeur en feutrine direct dans l'œil.

Moi : Oh, pardon, désolée !

Il a ri, une main sur son œil escamoté. Il s'est approché de moi et a lentement retiré mon chapeau-main. J'ai immédiatement pensé à mes cheveux plats et trempés de sueur, puis, quand il m'a attrapé les joues et a calé une main dans ma nuque (moite) pour m'embrasser de nouveau, j'ai tout oublié.
Torrent de love et jambes flasques version mollusque, agrémentées de mini-tremblements dans les genoux.
Cette fois, il a ouvert sa bouche, et sa langue est venue chercher la mienne. Je n'ai jamais été très douée en improvisation, alors j'ai laissé mon organe suivre le rythme. C'était

pas le moment de tenter des mouvements de mini-serpent ou de limaçon pesant.
Ça a duré peu de temps, et j'ai surtout eu l'impression d'un gros truc tiède contre mes dents... mais en même temps, PUNAISE, j'étais en train d'embrasser Clyde.
D'embrasser un garçon tout court, somme toute, mais pas n'importe lequel.

Un peu avant minuit, une fois enfin décollés (quatre chansons qu'on se bizouillait, quand même), il m'a fait un grand sourire. Ce mec est du genre souriant, y a pas à dire.

Puis son portable a sonné dans sa poche, et il a dû aller décrocher, me faisant signe de ne pas bouger. J'étais complètement larguée, la posture molle et incertaine, aux anges, le supra beau gosse chasseur de zombie étant À MOI. MOUAAAA.

Au moment où j'ai voulu rejoindre les filles pour un déballage indécent de détails croustillants sur lit de fondant au chocolat et autres douceurs du buffet, la mère de Chlo est arrivée dans son carrosse 4 × 4 pour nous ramener.

Telle la Cendrillon des temps modernes, j'ai dû filer au douzième coup de minuit (plus cinq minutes le temps d'aller ramasser ma main par terre et de remplir mon sac de bonbons, cheese-cake et gâteau à la citrouille, parce qu'avec tout ça j'avais pas eu le temps de décemment goûter le buffet sucré), ayant juste le temps de faire un signe de la main enamouré à mon prince chasseur de zombies (geste auquel je ne suis pas sûre qu'il ait répondu, la faute à ma myopie : il semblait regarder vers moi, mais me voyait-il ? La question reste entière).

Il faisait doux, les filles étaient devant moi en train de se faire la bise pour se dire bonne nuit, Maria, Laure et Joey rentraient avec la mère de Joey car elles habitent toutes les trois à côté, et moi je portais ma main géante un peu défraîchie sous le bras gauche et mes Tupperware remplis de desserts sous le bras droit, avec la tronche de quelqu'un qui venait de se faire sérieusement rouler dessus par le bulldozer de l'amour.

16 h 45

Il est 16 h passées, et tout est comme d'habitude :
J'ai eu mes règles pendant la nuit, et j'ai fait une tache de sang plus grosse que le Brésil sur mes draps ce matin.
Papa a pris le truc du bout des doigts et a pesté, en demandant l'air dépassé à Lilas ce qu'il devait faire (n'ayant toujours pas de machine à laver).

Lilas : Eh bien, tu le fais tremper à l'eau froide, et tu le frottes au savon. Surtout pas d'eau chaude, ça cuit le sang et après, c'est foutu.
Papa : Vous les nanas vous savez mieux gérer ce genre de trucs.
Lilas (*menaçante*) : En disant ça, tu fais référence aux accidents de règles, ou à la lessive en général ?
Moi (*à Lilas*) : Je vais le faire, si tu veux, j'ai l'habitude.
Lilas : Non non, ma puce, y a pas de raison, ton père peut bien laver un drap dans sa vie, ça le changera. Ce n'est pas sale.

Papa a soufflé et, tel un gamin puni, a repris le drap qu'il avait balancé par terre de dégoût pour l'emmener dans l'étroite salle de bain. Je l'ai suivi un peu désolée.

Moi : Bôh, allez Pap's… T'as bien changé mes couches quand j'étais petite, c'était mille fois pire !! Là, c'est juste du sang, c'est pas si dégueu.

Il a râlé et s'est exécuté, en grinçant dans sa barbe que c'était Maman qui s'en chargeait, de mes couches. J'ai entendu Lilas marmonner : « Non, mais ! »

Voilà, tout est exaaaaactement comme d'habitude, donc, sauf que mini-micro détail insignifiant à noter :

Je suis la petite amie de Clyde, le sublime.

On est en couple. Je suis son amoureuse.

Quand on va rentrer au collège, je pourrai l'embrasser aux yeux de tous, et peut-être regagner une place sociale décente, déjà légèrement amorcée par le succès de ma chorégraphie endiablée.
HAN, il pourrait même jouer dans notre film !!! On a besoin de trois rôles masculins… Bon, je ne vais pas lui en parler tout de suite, ça risquerait de faire désespérée impatiente.

Et puis, surtout, j'ai pas son numéro de téléphone, donc de toute façon, je suis obligée d'attendre la rentrée.

17 h 15
À moins qu'il ne m'ait demandée en amie sur Facebook ?

17 h 17
Non.

17 h 19
Instagram ?

17 h 22
Non plus.

Mon Instagram qui, soit dit en passant, regorge toujours autant de photos de chats et de bouffe. Est-ce que je ne devrais pas faire un peu le ménage là-dedans ?

17 h 24
En même temps, c'est ce que je suis. Qu'y puis-je si j'ai une passion pour la nourriture et trois chats que j'aime ? Aimer les animaux ça dénote d'une humanité assumée, d'un grand cœur, pas de raison d'en avoir honte. Je préfère renvoyer l'image d'une personne bienveillante qui poste mille photos de chats plutôt que celle d'une sans-âme pimbêche qui n'aime pas les bêtes.

17 h 28
La photo de Flutiou endormi dans mes bras, dans mon lit, légendée #monfilsmabataille est peut-être en trop.

Je vais la virer, juste au cas où.

Lundi 31 octobre

(Vrai jour d'Halloween, YOUPIII)

11 h 15

Dans ma chambre, chez Maman

Ce soir, ce sera ENFIN le débrief avec les filles : on a toutes dû se quitter à la hâte samedi, et chacune est rentrée chez elle de son côté sans pouvoir avoir le résumé complet de la soirée des autres.
Comme Chlo organise son propre Halloween chez elle tonight, entre filles, ce sera le moment parfait pour faire le bilan, surtout qu'on a toutes attendu de se retrouver ce soir pour se raconter la soirée en détail (faux, j'ai déjà tout balancé à Chlo au tel hier pendant quatre heures).
Maria m'a teasée en me disant qu'elle avait un truc de dingue à me raconter.
Je me demande bien de quoi il s'agit.

Mais je suis désolée, ça ne peut pas être plus dingue que le fait que je sorte avec Clyde ET qu'on se soit roulé des patins pendant au moins une heure. Ça reste quand même l'info majeure de la soirée.

Programme du soir : frappage aux portes du voisinage et récolte gargantuesque de bonbons et sucreries en tout genre, puis dégustation de pizzas et de notre butin sucré devant *Les Autres* et *L'Orphelinat*, puis soirée pyjama dans la chambre de Chlo avec tous les matelas par terre (et deuxième dose de bonbecs).

Vous avez dit perfection ?

11 h 25
Je me demande si c'est normal de n'avoir aucune nouvelle de Clyde.

Une demande Instagram n'aurait pas été de trop.

Pour une fois, j'ai hâte que les vacances se terminent, parce que ça fait seulement deux jours et j'ai déjà un peu oublié comment on embrassait. Je voudrais pas perdre la main.

11 h 30
En tout cas, pour le moment Maman n'y a vu que du feu pour la fête : j'ai prétendu avoir passé une soirée tout ce qu'il y a de plus normal chez Papa, et Chaco a validé ma version des faits. J'en reviens pas que ça ait été si facile.

20 h 00
Chez Chlo

On s'est toutes habillées en noir : pas vraiment déguisées, mais habillées en dark-flippant : on a peinturluré nos yeux de crayon khôl piqué à la grande sœur de Chlo – qui nous aurait scalpées vivantes si elles nous avait vues faire –, enfilé slims et pulls noirs et tartiné nos visages de faux sang, en sachant pertinemment qu'on finirait la soirée avec la trombine orange fluo. Une fois le teint rendu bien cadavérique à l'aide de farine et les cernes bien accentués, on est allées récolter nos sucreries.

Les voisins de Chlo commencent à avoir l'habitude : y a deux ans les types étaient totalement à l'ouest question coutumes anglo-saxonnes, et certains n'avaient même jamais entendu

parler d'Halloween. Faut quand même s'appeler Thierry-le-pas-dégourdi pour être en 2016 et ne pas piger le principe d'Halloween.
L'une des voisines, une petite mamie à moustache en robe à grosses fleurs jaunes était même allée nous chercher de l'argent. RIEN À VOIR !

Pour éviter ça, il y a une semaine on a collé dans tous les commerces du village des petites affichettes réalisées par nos soins, version petites annonces de baby-sitters sauf qu'on annonçait qu'on allait les piller en glucose.

Cette fois, on a aussi emmené Buffy avec nous (la chienne de Chlo) histoire de pas se retrouver en mauvaise posture si on croisait des gens bizarres comme il en traîne pas mal le 31 octobre au soir. C'est une chienne du genre gros calibre, un bouvier bernois de plus de soixante kilos : plus un poney qu'un canidé, si on va par là.

Comme on ne pouvait pas vraiment se parler longtemps, à cause du frappage aux portes tous les deux mètres et des discussions à rallonge avec les voisins, on a donné notre max pour en finir le plus vite possible avec la mission bonbons. Le but : faire le plein en un temps record pour rentrer rapidos se vautrer dans la chambre de Chlo, manger le bazar et tout se raconter en détail.

21 h 36
Mission plutôt accomplie.
Nos paniers citrouilles débordaient de friandises grasses et saturées en sucre.
En mangeant un Carambar, une sucette calée sur le côté de la joue, Chlo a lancé :

Chlo : Hey, ça vous dit qu'on dorme dans mon grenier ce soir ?
Moi : Ah ouaiiiiis !!!!
Laure : Et pas « le gros niais », hein Joey. Hahahahaha !
Joey : Oh ça vaaaaa, c'était juste une fois, et j'avais pas compris… c'est bon !
(Une fois on parlait du grenier de Chlo et Joey ne pigeait rien, elle pensait qu'on qualifiait quelqu'un de « gros niais ». Depuis forcément, c'est la blague récurrente.)
Maria : Moi, je sais pas si j'ai envie…
Chlo : Allez, pour voir ! Ma sœur dit que parfois elle entend des trucs grincer et craquer… Et comme elle est pas là ce soir, et que le grenier est dans sa chambre, on peut y aller sans problème !

21 h 45
Dans le grenier de Chlo

On n'avait pas encore regardé les films, et j'avais déjà franchement la flippette. Le grenier n'était pas DU TOUT rassurant : c'est une pièce au plafond très bas dans la continuité de la chambre de sa sœur, sous les toits, rempli de vieux meubles, cartons, journaux et autre bazar de parents qui ne savent pas où ranger les fins de déménagements ou les souvenirs de la grand-mère. Il est traversé de part et d'autres par des poutres en bois qu'il faut éviter pour ne pas s'assommer, et il faut passer sous des caisses et des entrelacs de matériel en tout genre pour atteindre la petite oasis au centre, seule zone à peu près dépourvue de fourbi dans laquelle on peut s'asseoir. On y avait posé une serviette, des draps, des coussins et des bols de bonbons pour se faire un QG blabla vaguement confo.
On avait piqué la lampe de jardin de son père, sorte de lanterne à pile, qu'on avait calée sous un torchon rouge pour une ambiance plus diabolique.

Laure : Aloooors, il embrasse bien Clyde ?
Moi : Ben, j'ai pas franchement d'élément de comparaison, mais… je dirais qu'il est très doué.
Joey : Et tu l'aimes ?
Moi : Houla, heu, je sais pas : j'ai un peu mal au ventre quand il s'approche et très très chaud quand il me touche.
Laure *(avec ce je-ne-sais-quoi dans la voix qu'on aurait pu prendre pour de la jalousie)* : Normal, il est quand même hyper beau.
Chlo : Ouais, mais c'est pas ça, aimer. C'est long, ça prend du temps, t'aimes pas quelqu'un au premier bisou.
Maria : Mais… Tu lui avais déjà parlé avant ?
Moi : Heu, oui, enfin, non, disons, plutôt rarement. Une fois, on s'est parlé dans un couloir quand la prof de latin m'a envoyée chercher le cahier de textes : il séchait l'étude, et je l'ai croisé pile au moment où il allait se poser dans une classe vide.
Chlo : Ah oui ? Tu lui as dit quoi ?
Moi : Heu, un truc du genre "hey, salut qu'est-ce que tu fais là" et il a dit un truc du genre "j'ai pas envie d'aller en études".
Laure : … C'est tout ?
Moi : Faut croire que mon charme naturel a suffi.

J'ai dit ça en lâchant un énorme rot bien gras. Joey et Chlo étaient mortes de rire, et Laure a fait une grimace en mettant sa main sur le cœur. Quelle chochotte celle-là.

Chlo : Moi, quand je t'ai vue l'embrasser, j'en revenais pas : j'ai failli avaler mon houmous de travers.
Moi *(hurlant)* : Y AVAIT DU HOUMOUS ???????!!!!!!!!!!!

Et on me laisse dans l'ignorance la plus totale, alors que c'est mon apéritif préféré ??? Tu parles d'amies.

Maria : Ben, t'étais trop occupée à dévorer Clyde des yeux pour le voir.
Laure : Pas que des yeux, d'ailleurs.
Moi : Avoue qu'il est très dévorable dans son genre.
Laure : J'hallucine qu'aucun mec ne soit venu me parler. J'avais une robe trop belle pourtant. J'aurais dû me déguiser en Mérida, je le savais.
Chlo : Ben, t'as pas voulu danser avec Benjamin, aussi.
Laure : Le débile mental qui zozotte et pue la chèvre ? Merci du cadeau.
Joey *(en souriant)* : Moi non plus aucun mec ne m'a approchée.
Laure : Oui, mais toi tu t'en fous.
Joey *(en me faisant un check)* : Grave !! Mon solo Fétide sur Lana Del Rey était carrément trop cool.
Moi : T'as dansé un slow toute seule ?
Joey : Ouais, en serrant un être invisible.
Moi : Tu es mon héroïne, Jo.
Chlo : Moi, j'ai dansé avec Liang, mais il était collant et ça m'a saoulée alors je suis allée bouffer du cheese-cake à la place.
Laure : Au moins Liang il est un peu beau et cool. Pas comme Benjamin.
Chlo : Il a voulu se tatouer un Pikachu lui-même sur le bras avec un compas trempé dans des cartouches de stylo encre, quand même. On n'est pas non plus sur du haut niveau, hein.
Moi : Mince, vous n'avez pas eu une super fin de soirée alors, si je comprends bien.

Soudain, j'ai remarqué que Maria ne disait pas grand-chose, et triturait ses cheveux en rosissant progressivement du faciès.

Moi : Et toi, Maria, ta soirée ?
Elle a rosi dangereusement.
Maria : Plutôt cool. J'ai dansé des slows, moi aussi.

Moi : Pardon ?? T'as dansé ??

Je me demandais bien qui pouvait être assez rassurant et intéressant pour sortir Maria de sa chaise préférée (celle la plus proche de la porte d'entrée ou du buffet).

Maria : Ouais ! Tu m'as pas vue, t'étais en train de bécoter *Walking Dead.*
Moi : Bah, vas-y, accouche !
Joey : Pour de vrai, tu l'as pas vu ??
Moi : Mais non !!!
Maria : Ben, j'ai dansé avec… Museau ! Hiii !

Wait.

WHAT ?!
Avais-je bien entendu ?

J'avais complètement oublié que j'avais laissé Museau en plan après l'épisode pipi urgent post-chorégraphie. La demande de Clyde était venue tout balayer et j'avais carrément zappé la présence de Museau à cette soirée : je n'ai plus du tout pensé à retourner discuter avec lui, tout occupée que j'étais à bécoter la beauté des beautés faite homme.

Moi : Mais noooon !!!!!!!!
Maria : Mais siiiii ! mpphff !
Elle a ri la bouche fermée, tout émue. Elle n'était plus rose mais rouge vif.
Moi : Et ??
Maria : Ben, on a dansé sur deux chansons, et il m'a dit qu'il aimait beaucoup mon costume.

Oui bah, merci Bibi qui t'a filé l'idée.

Maria : Il était trooooop sympa, et… huhu, on s'est trop marrés. Il va m'aider pour mon exposé sur Dada en arts plastiques.
Laure : Faut trop que tu lui demandes de sortir avec toi.
Maria : Oui… je pense que je vais lui demander à la rentrée.

Nom d'un petit bonhomme, miss ultra timide s'est mise à danser des slows et vouloir inviter un gars à sortir avec elle en seulement une semaine de vacances.

En vrai, je suis contente pour elle.
Si, vraiment.

Non mais, enfin disons que… c'est juste que, je sais pas… elle a attendu DEUX JOURS ENTIERS pour me le dire, c'est pas cool : moi j'aurais bien aimé qu'on me tienne au courant en direct, genre histoire que je sois dans le coup avec tout le groupe, c'est quoi ces cachotteries, là ? C'est mon voisin, maintenant, je suis quand même en droit d'être informée.

Maria : Il était déguisé en mec qu'on n'a pas prévenu que c'était une soirée déguisée. Hahaha. Il est vraiment trop drôle.
Joey : T'avais rien vu, Cléo ? On a même fait une imitation de Nicki Minaj à trois à la fin de la soirée !!
Laure : Nan, elle était partie aux toilettes une dixième fois entre deux séances de bécotage.
Moi : BON SANG, mais j'ai tout loupé ??!

Ça plus le houmous, c'en était trop.

Le parquet s'est soudain mis à craquer. Ça nous a toutes fermé

le clapet, et on s'est collées les unes aux autres dans une apnée collective. Les lattes du sol dans la chambre de la sœur de Chlo grinçaient, lentement, comme sous le poids d'un humain. Chlo s'est agrippée à moi et on s'est toutes agglutinées en un seul groupe informe à cinq têtes.
Les pas se sont rapprochés, et alors que j'allais tenter une bravade courageuse pour balancer quelque chose ou nous cacher sous les draps, la porte s'est ouverte et le papa de Chlo a lancé un timide :

– Mais… qu'est-ce que vous fabriquez toutes dans ce vieux trou ?

On a ri de soulagement, et il nous a indiqué qu'il avait installé tous les matelas dans la chambre de Chlo, tout de même franchement plus confortable.
Bien contentes de nous servir de l'excuse de l'autorité parentale indiscutable, on a repris toutes nos affaires sans trop de questions et on a filé dans la chambre lilas et vert amande bardée de posters fluo, de guirlandes de lumière et de plaids chatoyants pour souffler un peu et se détendre.

00 h 00
Maria et Museau.

Punaise !
J'essaie de les imaginer danser, et c'est aussi improbable pour l'un que pour l'autre.

Alors que j'étais en train de me représenter mentalement ces deux timorés enlacés maladroitement sur la piste, mon portable a vibré sur la table de nuit.

C'était un SMS d'un numéro inconnu

« Hey Cléo : voilà mon num. C Stephen
qui m'a donné ton tel. CT trop cool samedi !
On se voit jeudi à la rentrée ?
Kiss
Toni »

AAAAAAH ! <3 <3 <3

Décidément, cette rentrée promet du lourd.

Pour une fois, j'ai hâte de retourner au collège.

FIN

Retrouvez très bientôt le tome 2
du *Journal intime de Cléopâtre Wellington*
en librairie.

Remerciements

Merci à :

Ma Chlo, mon Dindon d'amouuÛÛuur, M.M.A.P.L.V.E.E.M.P, ma partenaire de crime depuis 1999 et l'une de mes premières lectrices, ici et en général, qui a de nouveau accepté que je régale le monde de nos pérégrinations adolescentes.

À mon Chaco, mon gratin de sel rose, la plus timbrée et la plus géniale des frangines.
À ma Maman, qui m'a offert mon tout premier journal intime pour m'inciter à écrire (et pour garder un oeil discret sur mes errances adolescentes).
À mon Jean-No, pour ses coups de folie en public et pour toutes les fois où il nous a fait deviner quelle plante aromatique il avait caressé dans le potager, à la simple odeur de ses paumes de main.
À Pily et Mily.
À Flutiou,Toto, Tiggy et à mon petit Marius, tous résidents au paradis des chats.
À Christine, ma tante adorée qui m'a offert mon coffret de Sortilèges de Sorcières à 13 ans (l'un des meilleurs cadeaux de ma vie).

Un merci tout particulier à Elsa et Zoé pour leur soutien IMMENSE, leur confiance en moi et leur foi en ce projet, du début à la fin.

À Héloïse, parce qu'elle sait mieux que quiconque l'émotion que représente le fait de tenir entre ses mains son premier roman.

À mon Alex, pour son soutien et son amour.

À la regrettée Louise Rennison, dont le personnage de Georgia Nicolson et les romans complètement barrés ont illuminé mon adolescence.

À Cécile Dormeau pour sa GÉNIALE couverture, pour son efficacité sur ce projet (pensée émue pour la couverture refusée aux tétons poilus), et pour tout l'ensemble de son travail qui rassure, fait rire et décomplexe.

À Marie Roure, qui ne pourra pas voir qu'elle est dans le livre, de là-haut.

Au collège Fromente, qui fut le temple de mes plus grandes joies comme de mes plus grandes souffrances.

Et enfin, un immense, IMMENSE merci à toutes mes lectrices et tous mes lecteurs, ce-lle-ux qui me suivent sur le Net depuis 2007, ce-lle-ux qui me découvrent tout juste, ce-lle-ux qui m'envoient de longs e-mails pour me parler de leurs lectures, partager avec moi leur combat féministe naissant ou leur passion pour les licornes : JE. VOUS. AIME..

Maureen Wingrove, plus connue sous le pseudonyme de « Diglee », a 29 ans, du sang anglais et une passion inconsidérée pour la littérature et les films d'horreur.

Après un bac Littéraire option Arts Plastiques obtenu à 17 ans, elle entre à l'école Emile Cohl à Lyon et en sort diplômée en 2009.

Illustratrice free-lance depuis, elle a produit plusieurs bandes dessinées et illustré des tonnes de romans pour ado. Son blog (http://diglee.com) sur lequel elle dessinait avec humour ses péripéties autobiographiques a remporté un vif succès et a été adapté en deux bandes dessinées chez Marabout : *Autobiographie d'une fille Gaga* en 2010 et *Confessions d'une glitter addict* en 2011 : aujourd'hui, elle se sert de ce blog pour partager avec ses lecteurs ses interrogations de jeune militante féministe.

Mémoires d'une jeune guenon dérangée est son premier roman, premier tome de la série *Le journal intime de Cléopâtre Wellington*, et elle travaille actuellement, avec son chat Basile sur les genoux, à l'écriture du tome 2…

Mise en pages
PRESS·PROD

Imprimé en Espagne
Dépôt légal : octobre 2017
N° d'impression : 01
ISBN : 978-2-7499-3193-7
LAF : 2348